異世界でテイムした最強の使い魔は、幼馴染の美少女でした

すかいふぁーむ
illust.片桐

筒井遥人 TSUTSUI HARUTO
地味な男子生徒。異世界に転移して
<テイム>の能力を得る。
望月美衣奈 MOCHIDUKI MIINA
遥人の幼馴染。学園一の美少女。
異世界に転移して<魔法強化>の
能力を得る。
湊かれん MINATO KAREN
遥人の友人。学内の友人は遥人のみ。
異世界に転移して<調合>の能力を得る。

難波陽平 NANBA YOUHEI
クラスのカーストトップ。
異世界に転移して<身体強化>の
能力を得る。
フィリア＝エルムント
エルムント王国の第一王女。
優れた<鑑定>の能力を持っている。
ローグス＝エルムント
エルムント王国の第一王子。
容姿端麗、文武両道の次期国王候補。

「もう少しです……頑張ってください」
「テイム！」

「――っ！　ああ……」

「はぁ……可愛くて良いですねぇ。美衣奈さん」
「よくこんな可愛い幼馴染がいて
手出さなかったですね、遥人くん」

「可愛い……かれんに
言われるとちょっと嬉しいわね」

CONTENTS

異世界でテイムした最強の使い魔は、幼馴染の美少女でした

すかいふぁーむ

〔イラスト〕　片桐

プロローグ

「おい⁉　どうすんだよこれ⁉」

クラスメイトたちの叫び声が木霊する。

召喚されて、スキルなんてものを与えられて、突然連れてこられたダンジョンという危険地帯。

「難波！　お前が勝手なことしたから！」

「うるせぇ！　俺は悪くねぇ！　俺は言われた通りに……」

「言われた……？」

「と、とにかく！　俺は悪くねぇ！　悪いのは全部あいつだ！　筒井のやつが！　筒井が勝手に落ちやがった！　望月も！　湊も！　巻き込んだのはあいつだ！　そもそもあいつが望月を【テイム】なんてしなけりゃ！　こんなことにならなかっただろうが！」

ガタイも威勢もいい男――難波洋平がクラスメイトたちに向けて必死に叫ぶが、この状況を生み出したのは誰がどう見ても難波によるもの。

それでもクラスカーストのトップに君臨し続ける難波に直接何かを言える人間はいなかった。

そんな様子を眺めながら、俺…筒井遥人は、二人と一緒に静かに、奈落の底に落ちていったのだった……。

第一章　異世界へ

「これ、おばさんに渡して」

「え？」

大型連休も明けて徐々に暖かくなってきて、教室の窓が開けられカーテンが揺れている。

幼馴染の望月美衣奈（もちづきみいな）に話しかけられたのはいつぶりだろうか。

こういう業務連絡のようなものはちょこちょこあったけど、教室で堂々と声をかけられたのは久しぶりだったと思う。

「早く受けとって」

「ああ、ごめん」

「それじゃ……」

それだけ。たったそれだけのやりとりで、少しクラスがざわついていた。贔屓目なしに見て美少女でクラスの中心である美衣奈と、目立たず冴えない俺との差はそのくらいあるわけだ。

「あらあらー。幼馴染なのにぎこちないですねぇ、なんか」

「かれん……」

後ろの席から話しかけてくる湊かれん。似合わない丸眼鏡、低い身長に必要以上に長いスカート……俺と同じくクラスでも目立たない女子だ。

妙に波長が合うのでこうしてよく話し相手になっているというか……かれんが俺以外と話してるのを見たことがない。いわゆるコミュ障仲間ってやつだった。

「あんな美少女と幼馴染なんて、ボクなら興奮しちゃうだろうなぁ」

俺相手だとこんな感じなんだけどな……。

「もう何年もこんなんだからな。向こうもなんとも思ってないと思うけど」

むしろ何かのきっかけで憎まれているまである。

「ずっと睨まれてるしな……」

「ふーん。まぁ遥人くんがいいならボクはいいですけど？」

そう言いながらなぜかニヤニヤするかれん。

　まあ、いつもこんな顔か。

　美衣奈はと言うと、特に注目されたことを気にする素振りもなくいつも通り友人の日野恵と話し始めていた。

「美衣奈やっほー。これ見た？　最新刊出てたよ！」

「あーその漫画……もうその前の話覚えてないかも」

「えー！　じゃあちょっと説明してもらうかー！　そっちで男子がこれの話してたし」

　日野は誰に対しても友好的。基本的に一緒にいるのは美衣奈だが、こんな感じで誰とでも気軽に絡みに行く女子だった。

　そしてそこに……。

「お、望月たちも見てんのかー、その漫画」

　クラスカーストトップ、難波洋平が声をかけに行く。

　バスケ部一年にしてその体格の良さを生かしてレギュラーを張っている、声も大きくクラスの中心になる人物だった。

「あ、難波くん……」

　美衣奈の表情を見てる限り、苦手なんだろうなという反応。

日野が緩衝材になることで成立するカーストトップの集まりというういつもの光景だった。

「やっほやっほー。洋平も読んでんの？」

「おもしれぇよなぁ、この漫画！　特にこいつが死ぬとこがさー」

大声でネタバレ……あの日野がちょっと顔を引きつらせているな……。

「漫画もいいけどいつになったら俺と遊んでくれんだよ？　なぁ？　望月も日野もさぁ」

「あははー。でも部活忙しいっしょ？」

「まぁなぁ……でもなんとかなるだろ！」

対応に困る美衣奈をチャイムと、難波同様カーストトップの秋元翔（あきもとかける）が救う形になった。

「そろそろ席に戻っといたほうがいいだろ、洋平。次は鬼コバだぞ」

難波が身体能力に振り切っているのに対して秋元は知的でクールな感じだろうか。

一見傍若無人な難波がある程度のところで留まっているのは秋元の存在が大きいだろう。

とはいえ、気を遣う対象に入っていない俺のような人間にはどちらも苦手意識を

感じざるを得ない二人なんだけど……。

「あーコバセンそんな風に呼んだら呼び出されるよー？」

「大丈夫、聞こえるところにいたら言わないさ」

「……ったく、仕方ねえなー」

ほかの生徒もそれぞれの席に戻っていって、いつも通り授業が始まる。

そのはずだった。

「え……？」

「大丈夫ですか⁉ 遥人くん！」

「ああ、どこかにつかまれ、かれんも」

こちらに手を伸ばそうとしているかれんに慌てて言う。

大きな地震。いや、突然教室が光に包まれて、ただの地震ではないことだけはわかる。

「ボクは大丈夫ですがそっちを」

かれんの目線を追うと、美衣奈と目が合った。

席に戻るためにこちらに来ていたのだろう。揺れのせいでちょうど良く、こちらに倒れ掛かってきた。

「きゃっ」

「っ⁉　大丈夫か？」

「だいじょ――っ⁉」

俺に抱きとめられたのを知るとすぐにパッと身体を離す美衣奈。

いつからこうも距離ができたのかと考えていると……。


――いつの間にか、教室が別世界の景色に変わっていた。


「ここは……？」

石造りの部屋。周囲に描かれているのは、物語で見た魔法陣に似ている。

そしていかにも魔法使いのような見た目の人間が何人も周囲を取り囲んでいた。

だが中でも目を引くのは、煌びやかな衣装に身を包んだ美少女だ。その少女が口を開く。

「こんなにたくさん……⁉　こんなはずでは……」

慌てた様子の少女に後ろから老従者が声をかけた。

「姫様、まずは勇者様たちにご説明なさらねば……」

「そうでした……ありがとうじいや」

姫様と呼ばれた少女が、深呼吸して俺たちに向き合った。

「皆様、突然のことで混乱されているかと思いますがどうか話を聞いてください」

いったん聞く姿勢を見せるクラスメイトにホッとした様子だ。男子は何人か見とれているな……。いや、女子の目も引くくらい雰囲気からしてそういう魅力を持っていた。

「ありがとうございます。私はエルムント王国第一王女、フィリア＝エルムントと申します。ここは皆さんが居た世界とは異なります。伝承に従って皆さんを勇者として召喚させていただきました」

うすうすそんな予感はしていた言葉が紡がれた。すぐ隣に来たかれんが俺にだけ耳打ちする。

「どう思います？」

「どう思う、とは？」

「異世界召喚。遥人くんはどんな力があるかなって」

「いきなりそこなのか……」

「だってお約束じゃないですかー。ワクワクしますねぇ」

「いや……」

それ以前にいろいろ考えることがあると思うんだけど……。

実際難波はこう叫んでいた。

「はぁっ⁉　なんだ勇者って」

つられるようにクラスメイトが声を上げた。

「それに王国って……エルムントなんて聞いたことあるか？」

「そうだ、俺は知らねえぞ！」

突然のことで混乱させられた怒りをそのままぶつける難波。叫ぶ先がフィリアと呼ばれた姫じゃなく周囲の魔法使いたちというのがなんともらしい。

「そう大声を出すな洋平。さっきお前も見てた漫画であっただろ」

「ありゃ漫画の……は？」

「状況を見ろ。信じられないが俺はあの教室でどんな手品を使っても、こんな場所に全員連れてくる方法は思いつかん。それこそ――」

秋元がタメて、こう続けた。

「魔法でもない限りは」

「魔法⁉」

「魔法って……私たちどうなるの？」

「帰りたい……戻れるの⁉」

ざわめきだすクラスメイトたち。

難波もいったん周りを見回し、秋元は黙って考え込んだ。

俺も考える。これが異世界転移か。

物語では何度か見たとはいえ、実際巻き込まれると右も左もわからないな……。

ひとまず言葉が伝わっているだけいいと考えるべきだろう。

そんな中、かれんだけは呑気そうにこう言っていた。

「えー、みんなして帰りたいって。まああっちはあっちで楽しいですけど、せっかく来ちゃったなら楽しめばいいのにー。ねえ遥人くん」

「みんながみんなかれんみたいに気楽じゃないってことだな」

「あはは。褒められちゃいました」

何も言うまい……。

まあでもかれんではないが、魔法で何かできる世界だと少しは夢が広がるかもしれないという思いもある。とはいえ、クラスメイトの表情を見る限り不安のほうが大きそうだった。

「戸惑われるのも無理はありません。伝承に基づけば、皆さんは使命を果たした後無事元の世界に帰れます」

「帰れるんだ……」

「なら早く帰らせてよ！」

戻ってもやることのない俺からすれば気にならないけど、多いのはこういった反応だった。

だが中には、かれんと同じような考えのクラスメイトもいたらしい。

日野だ。

「待って待って。これって異世界転移ってやつだよね？　だったらほら、魔法とか色々できるんじゃない？」

「いろいろ？」

「うんうん！　召喚されたらほら、なんか特別な力を持ってるもんだから！」

楽しそうに笑う日野に少しクラスの雰囲気が明るくなった。

「流石は勇者様方。もちろん、勇者様は我々現地の人間よりも優れた身体能力と魔力を有し、さらに特別な力が与えられています」

帰れるという事実に前向きになったクラスメイトたちが色めき立つ。

「むふふ。ほらほら、ちょっとワクワクしてきましたよね？　遥人くんも」

「まぁ……」

中でも難波の反応がひときわ目立った。

「おおっ！　そういうことなら早く言えよ！　俺にはどんな力があるんだ？」

「そういえば身体が軽いな……身体能力が上がってるのか？　それとも魔力ってやつか……？」

難波だけでなく。秋元も普段と違って少し浮足立っているようだった。

ほかのクラスメイトたちも。

「ふふ。そうですね。そのご説明のために私がおります。まずは私の力からご紹介しましょう」

フィリアの周囲に魔法陣が浮かび上がる。

「おお……」

「神々しい……」

すっかりフィリアに見とれている男子たちと、それに呆れる女子たち。

いや、一部例外もいたが。

「ふおおおー。それでなくても美人なのに神々しさまで……！　どうですか遥人くん！」

「俺に聞かれても……」

「ああそうだった。遥人くんはあんな美少女幼馴染に何も感じない童貞でしたね」

「おい……」

言われてちらっと美衣奈を見ると目が合って睨まれた。どうして……。

最近はクールな印象ではあるものの、俺以外にはあそこまで敵意を込めた顔は見せないんだけどな……。

本当にいつからこんな……いや今はとりあえず、あのお姫様に集中しよう。

「ありがとうございます。これが私の力、【鑑定】です。あなた方の力を見させてもらいました。流石は勇者様方、素晴らしいですね」

「で、で、俺はどんな力だ？」

「落ち着け。他にも聞きたいことが山ほどあるんだ」

「だけどよー、気になんだろ？　魔法ってのがどんなことできるのかもよ」

「はぁ……」

「ふふ。大丈夫です。後ほどまた詳しく見させてもらいますが……」

フィリアが従者と耳打ちして続ける。

「まずはそうですね、皆様にはこの世界のことについてご説明させてください」

すっかりペースを握ったフィリアが、空中に浮かび上がる地図をバックに一つずつこの世界のことを説明していった。

エルムント王国は大陸の中央に位置するそれなりの大国であること。

世界地図のような概念はなく、そもそも大陸の外がどうなってるかはわかっていないようだ。

そんな中で何年か――といっても数百年単位に一度だが、この国が中心となり勇者を召喚し、大陸の平和を守ってきたという。

一通り説明が進んだところで、耐えきれず難波が声を上げた。

「おっ、てことは俺たちは魔王かなんかを討伐するわけか。いいじゃねえか」

「いやいや待て。魔王なんてそんな……」

「大陸に訪れる脅威はその都度異なり、凶悪なドラゴンや魔王の討伐といった伝説が残されているのですが、今回どのようになるのか実はまだわかっていないのです」

わかってない……てことは……。

「それがわかるまでは帰れないわけか」

「はい……」

秋元の言葉に申し訳なさそうにうつむくフィリア。

と、そこにもう一人、明らかに身なりの良い人間が現れた。

「ほお。随分大漁ではないか」

「お兄様⁉」

フィリアがお兄様と呼んだということは……。

「ふむ……ローグス＝エルムント。この国の第一王子だ」

クラスの人間たちに挨拶するローグス。フィリアのときとは真逆の反応が得られていた。

女子は少し頬を染めてローグスを見る。男子はそれを面白くなさそうに眺めていた。

「何やら心配そうな顔をしているな？　だが案ずるな。勇者一行のもてなしは任せておけ」

「お兄様⁉　本来勇者様はお一人の予定でした。これだけの人数が来られたとなっては……」

「構わんだろう別に。やれることをやるだけだ」

王子の言葉におおよそ納得しかけたクラスメイトだったが……。

「予定より人数が多いから満足なもてなしができないかもしれない、と？」

納得できない様子で秋元が声を上げた。

「だとしたら、俺たちは勝手にこんなところに連れてこられて、目的もわからないままに勝手な要求に付きあわされてるわけだ。帰るためには使命を果たさないといけない？　馬鹿なことを言うな。勝手に連れてこられたのに元に戻るために対価を払わないといけないなんて」

「確かに……」

「言われてみれば……」

「使命とやらで魔王を倒せと言われても、いくら勇者と持ち上げられても、対価を払えないなら動かないぞ？」

秋元の視線を追って、フィリアとローグスに注目が集まる。

そんな秋元を見ながらかれんがまた耳元で何か言ってくる。

「見せしめに誰か殺して脅してくる世界じゃなくて良かったですねえ。真っ先に死んでますよ。あれ」

「物騒だな……」

確かにそういう話もかれんに勧められて読んだことはあったけど。

まあただ、秋元が率先してああいう発言をしてくれたのは大きい。呼び出された相手のことを知るという意味でもそうだし、おそらく秋元の狙いはこれによって待遇が少なからず良くなることにあるだろう。

そういう意味ではありがたい。

そんなことを考えていると王女様が何か話し始めた。

「当然の要求かと思います。王家をあげて全力でのおもてなしを。さらに皆さんの希望に応じてこちらでの生活の保証を……。それに、災厄の内容が発覚しても、これだけの人数です、どなたかがやっていただけるのであれば――」

「おいおいどなたかって誰だよ。そういや見るからに不便そうだけど、ここで俺ら暮らすのか？　風呂とかちゃんとあんだろうな？」

さっきまで楽しそうにしていた難波が急にケンカ腰になる。こっちは秋元と違ってあんまり考えてなさそうだけど……。

「とにかく誰かにケンカを売りたがりますねー、彼は」

「いつもの光景ではあるけど……」

難波の言葉に反応したのはローグスとともにきた従者か、あるいは貴族かの男だった。

「貴様黙って聞いていれば……！」

「やめなさい。相手は勇者様ですよ！」

「ですが……」

フィリアに制されても我慢できない男が難波と睨み合う。

一触即発の状況で、ローグスが口を開いた。

「ふむ……。勇者よ。案ずるな」

「はぁ？」

「この私がなんとかすると言っているのだ。聞けぬか？」

「あぁ？　うぐ……」

難波の勢いが急に止まる。

「なんだこれ？」

難波だけではなく、クラスメイトたちがみんな、そのプレッシャーを前に身動きが取れなくなっていた。

「聞いてくれるな？」

「ぐ……わ、わかった」

あの難波が何も言えなくなったという事実は、クラスメイトたちに重く受け止められた。

すっかり状況が変わり、おとなしくなったクラスメイトに向けて、ローグスが言う。

「ふむ……しかしこのままでは望みもわからぬ。何せ住む世界が違うのだ。何を求めているか、何があれば満足するのか、誰か説明できる者は？」

さっきの出来事があってのこと。誰も進んで手を上げようとしなかったが、空気を変える役目を日野が買って出てくれた。

「あ、じゃあ私がやろっかな」

「ふむ。名前は？」

「日野恵」

「メグムか。今宵私の部屋に来い」

その言葉に、日野より先に難波が反応する。

「なっ⁉」

ただ当の本人は淡々と会話を続ける。

「部屋じゃないとだめなの？」

「不思議なことを聞くな。私に部屋に呼ばれるのだ。光栄なことではないか」

自信たっぷりにローグスが言う。

まあ王子に部屋に呼ばれるというのはそういうことなのかもしれないが……。

「う〜ん。しょうがないなぁ」

日野が答える。

難波が何か言いたそうにしていたが、さっきの反応があったからかためらっていた。

その間にローグスが話を続ける。

「それでいい。ああそれと、そもそも召喚は双方に意志がなければ成立しない。この人数は想定外ではあったが、誰かにこの世界をなんとかしようという意志があるはずだ。焦らずとも望んだものが望んだ通り動くだけ。それで皆報われる」

ローグスが笑う。

それに対して日野がこう言った。

「ちなみに私たちってもう、伝承とか言い伝えとか、そういう不確かなものを頼りにする感じじゃないよ？　それでも大丈夫？」

「ふむ……ならばその世界は、この力も超えるか？」

手のひらから炎が浮かび上がる。青白い炎、与えるプレッシャーは想像していたものをはるかに超えていた。

「これは……」

「魔法だ。この力とは別に、この世界にはスキルと呼ばれる力が存在する。ここに喚ばれた勇者たちには、この世界の水準でかなり高い能力、魔法、そしてスキルが与えられる。どうだ？　悪くはないのではないか？」

「へえ……」

ローグスに返す言葉がなくなった日野も引き下がる。難波も秋元も何も言わず、この場で言葉を発せられるようなクラスメイトはいなくなった。

それを見て、隣に控えていたフィリアが再び話し始めた。

「では改めて、皆さんの力についてですが、魔法がない世界から来られたとのことでしたし、実演も兼ねてしまいましょう。特に勇者ヨウヘイ、あなたの力はすさまじいですからね」

「おお、いいじゃねえか！」

名前を呼ばれた難波が意気揚々と前に出る。

さっきまで勢いを殺されていたのにすぐにこうして取り戻してくるあたりが、難波の強みではあるだろうな。

だがフィリアはそれを無視して、なぜか俺を指名した。

「勇者ハルト、協力していただけますか？」

一斉に注目が集まる
「え……？　俺が？」

「ええ、あなた様の力は素晴らしいものですし、皆さんに見ていただくにはちょうど良いかと思いまして」

「おいおいおいおい待てよ！　そんな雑魚より俺を――」

「やめとけ」

「ちっ……」

秋元に制された難波に露骨に睨まれるが、かといってこうなると断るわけにもいかない。

ちらっとかれんを見るが俺に注目が集まった今はいつものように声をかけてきたりしないで固まっていた。

仕方ない。とりあえず早く済ませてもらうとしよう。

難波と入れ替わるように、フィリアのもとに向かった。

「協力って何をすれば……」

「ありがとうございます。ではまず、こちらを御覧ください――じいや」

「はっ」

いつの間にか運び込まれていた四角い何か。そこにかけられていた布が取り払われた。

中から現れたのは……。

「ぐるるるるる」

「ひっ……なに……あれ……」

「あれは……ホワイトタイガー？　いやそれにしては青白いし、何か雷みたいなのまとってるし……」

クラスメイトたちが口々に感想を述べていく。

檻に入れられているおかげで恐怖心は薄れるが、それでもその禍々（まがまが）しいオーラがあふれ出していた。

「まだ幼いですが、ライガルという魔物です。大きくなれば竜に匹敵する危険な魔物。このサイズでもＢランク――通常の兵士百人に匹敵する強さを持ちます。我が国の優秀な騎士団が生け捕りにしてきてくれました」

嫌な予感しかしない……。

ここまでの話をまとめるなら、俺たちには特別な力があって、その見本で出てきたのがこの禍々しい魔物……。

「大丈夫ですよ。ハルト様の能力は【テイム】。本来このランクの相手には使えませんが、勇者様のお力ならギリギリ扱えるでしょうから」

「テイム……？」

「ええ。この強力な魔物を従えることができるスキルです」

フィリアがなぜか俺の後ろに回って、後ろから抱きしめる形で俺の腕を取る。

「えっ」

「しっかりライガルを見てください。そしてそう、手をかざして……」

「あ、ああ……」

言われるがまま、というより、されるがままにフィリアの指示に従う。

何が起こるのかわからないので本当にされるがままだ。

「ったく、とっととしやがれ！」

直接やじを飛ばしてくるのは難波だけだが、クラスメイトの目にも早くしろという思いがありありと見え隠れしている。

理由は自分たちの力を早く知りたいっていうのと……。

「大丈夫です。言葉にすれば力は使えます。【テイム】と」

これだ……。フィリアが後ろから俺を抱きしめるようになって胸が当たる。

俺もよくわからないし早く解放されたい。なぜか美衣奈が睨んでいるし……。

とにかく指示に従って、早くこの居たたまれない状況を逃れることに集中する。

「えっと……【テイム】！」

次の瞬間――。

「おおっ⁉」

フィリアに添えられるままに差し伸べていた手から、魔法陣が出現する。

そしてその光に包まれたライガルは、纏（まと）っていた禍々しいオーラを消して急に猫のようにおとなしくなり、じゃれつくように檻ごしに甘えてきた。

「これは……すごい」

周囲の視線だとか、胸が当たっているだとか、いろいろなことを一瞬忘れるくらいには衝撃的な光景だった。

自分の手から魔法陣が出現して、さっきまであれほど恐怖を感じていた相手に愛着が湧いたのだ。

その光景を見ていたクラスメイトたちも、目の色が変わったのがわかる。自分たちにもこんな力があるという期待感があるんだろう。

当事者の俺も当然、そのワクワク感を持っていた。

「ふふ。これはテイマーのハルト様へのプレゼントです」

「いいのか……？」

「ええ、もちろんです。ぜひ名前も付けてあげてください」

「名前か……」

ライガルと見つめ合う。

何かを期待するように、こちらをじっと見つめてきた。

あいにくネーミングセンスに自信はないので、あだ名と同じ感覚で行こう。

「安直かもしれないけど、ライでいいか？」

「グルー！」

言った途端、嬉しそうに檻の中からこちらにじゃれついてきた。

「気に入ってくれたようですね」

フィリアも笑う。

なら良かったんだろう。迫ってくるライを受け止めながら相手をしていると、そ

れまで耐えてきた難波が叫びだした。

「終わったならもういいだろ！　次は俺だ！」

「そうですね……皆さんにも一人ずつご紹介していきましょう」

離れていくフィリアと入れ替わるように従者がやってきて、檻からライを解放した。途端、じゃれついて俺を押し倒してくる。

サイズは人間の数倍。だが恐怖は一切感じず、もふもふな毛並みが心地良かった。

「グルゥ」

「かわいいな……」

禍々しいオーラが消えたとはいえサイズ的に猛獣。だというのにまったく脅威に感じないのが、テイムのおかげか、この子の持っている何かか……。

しばらくライと遊びながらそんなことを考えていると、かれんがこちらにやってきた。

「おー、かわいい！」

「終わったのか。というかさっき俺のこと見捨てただろ」

「見捨てたなんて人聞きが悪い！　勇者ハルトの活躍を邪魔しなかったんですよ」

「こいつ……」

　まぁとはいえ、逆の立場になったら俺も同じか……。なんなら別にかれんにできることもなかったな。

「それにしてもかわいいー！　あんなに強そうな子だったし、これはほんとに期待できちゃうんじゃないですか？　夢の異世界デビュー！」

「そんな大学デビューみたいな……」

「でもほら、ボクなんて【調合】ですからね。ちょっと混ぜるのが上手になるだけっぽいですから」

「あー……」

　さっきの感じを見ると、【テイム】に比べたら地味かもしれない。

　ただ……。

「かれんなら使いこなせそうだな」

「むふふー。頑張りますねー」

　こちらの予想通り特に悲嘆しているわけではなさそうだ。

　そんな話をしながらライにもみくちゃにされている間に、次々クラスメイトたちの能力も把握されていったようだった。

「よーし。で、じゃあ俺たちはこの力で異世界を満喫したら、さくっと使命ってやつを果たして帰りゃいいんだな？」

すっかりワクワクした様子のクラスメイトたちが自分の力や魔法を思い思いに試している。

難波に与えられたのはシンプルな【身体強化】だったらしい。最初は不服そうにしていたが、石も素手で割れるほどの力と知り手のひらを返していた。

「満喫するのもいいが、その前に魔法のことは詳しく学ばないとだろうな。それにまだ全員は終わっていない」

秋元に与えられたのは【未来視】。一瞬ではあるが少し先の未来を予知できる強力なスキル。勇者として召喚された俺たちはもともとステータスが高いため、この能力だけで近接戦闘では無類の強さになるという。

ほかにも、名前と能力が一人ひとりに告げられていく。さながら通知表を返されるような不思議なテンションだった。

そして最後の一人になった美衣奈にフィリアが近づく

「ミイナ様の能力……これはすごいですよ。ヨウヘイ様の能力と双璧をなす最強の力です」

「へえ、さすがじゃねえか望月」

最後の一人ということもあり、もともと注目されていた美衣奈にさらなる注目が集まる。

「能力の名は【魔法強化】。ヨウヘイ様の【身体強化】が物理能力を数倍にするのに対して、この力は魔法能力を数倍に引き上げる力……私も初めて見た希少な力です。さあ、ぜひ見せてください」

「えっと……」

突然のことに戸惑う美衣奈。

まあそもそも魔法の使い方も教わっていないわけだからな……。

「あの的に向けて、そうですね……火をイメージしてください」

「火……」

「はい。イメージをそのまま、魔力に乗せて放つ。これが魔法の基本」

そう言ってフィリアが実演する。

手のひらから放たれた炎の弾は、見事的に命中して煙を上げていた。

「ほお？　こうやんのか！」

すぐ隣で見ていた難波が見様見真似（みようみまね）で再現しようとする。

「きゃっ⁉」

「うぉっ⁉　これ……やばくないか？」

炎は意図した通りに発現したが、明らかにコントロールが効いていない。

「洋平、はやく炎を消せ！」

「んなこと言ってもできねえんだよ！　くそ！　どうにかしろよ！　誰かよぉ！」

癇癪を起こしながらやみくもに炎を纏った手を振り回す難波。

すぐそばにやってこられていた美衣奈にもその火の粉が降りかかろうとして……。

「美衣奈っ！」

日野が手を伸ばして叫ぶ。難波の放った炎は近くにいた美衣奈を飲み込む勢いで広がっていた。

「望月さん⁉」

「洋平！」

クラスメイトの叫びが混乱とともに広がっていく。

「くそっ！　あちいんだよ！」

力任せに手を振り回して炎を振りほどく難波。だが一度燃え広がった炎は消えない。

クラスメイトたちに緊張が走ったが……。

——アクアリング

ローグスが唱えたその魔法が、難波の生み出した炎を弾き飛ばして消し去った。

これが魔法か……。

「案ずるな。私がいるのだ。多少暴走したとてなんとでもなる」

ローグスのその所作に主に女子生徒が熱視線を送る。

面白くなさそうな難波が舌打ちをしていた。

「ミイナといったな。好きに試せ。何かあれば私がなんとかしよう」

微笑みかけるローグス。ほかの女子生徒相手ならこれで落ちたかもしれないが、
美衣奈は戸惑うばかりでその意志が感じ取れない。

だが、そのやりとりそのものが気に食わなかったらしい難波が美衣奈に近づいて
いってこう言った。

「わかんねえのか？　魔法ってのはこうやって使うんだよ」

難波が強引に美衣奈の手を取ろうとする。

「おい、お前は今失敗して……」

「うるせえ！　いいからやれよ！　俺が教えてやるから――」

幼馴染だからだろうか。美衣奈の感情が手に取るように伝わる感覚があった。

突然の出来事の連続に戸惑っていたところに、先ほどの炎。さらにそれでなくても嫌がっていた難波への拒絶反応。

「え……」

無数の魔法陣が難波を拒絶するように展開されていく。

その様子に、美衣奈自身が一番驚いていた。

「なんだぁっ!?」

「これは……いけないっ！　じいや！」

「はっ」

フィリアの指示で、控えていた魔法使いたちも一斉に、魔法陣を緩和しようとする。

だが美衣奈の魔法は止まらずどんどん光が大きくなっていく。

「そんな……くっ……どうすれば……」

フィリアが縋(すが)るようにローグスを見るが、ローグスもほかの魔法使い同様、周囲に魔法陣を展開して必死になんとかしようとしていた。

「ぐっ……さすが勇者の魔力だな……」

「兄様でもどうにもできないなんて……これは……」

フィリアは一度深呼吸して、【鑑定】を使いながらクラスメイトたちを見渡す。

そして俺を見て、こう叫んだ。

「ハルト様！　ミイナ様をテイムしてください！」

「は⁉」

フィリアの言葉に驚いたのは俺だけではない。

「はぁっ⁉　ふざけんな！　なんだそりゃ⁉」

難波が叫び、他のクラスメイトも俺を睨んできた。

「いや、そんな……」

「早くっ！　このままではミイナ様が魔力に飲まれて……魔物化します！」

「なっ⁉」

美衣奈を見る。放っておけなくて、何もできないというのにすぐそばまでやって来てはいたのだ。

同じく付いてきていたかれんが俺に言う。

「遥人くん、今は迷ってる場合じゃない！」

「かれん……」

その言葉に背中を押されるように美衣奈に近づく。

苦しそうに顔を歪めて、跡がつくほど腕を握りしめていた。

幼いころの記憶が蘇る。「俺が美衣奈を守ってやる」と約束していたあの記憶が。

「【テイム】！」

俺が展開する魔法陣が美衣奈を取り囲むそれと重なって、ぶつかっていく。

「ぐっ……」

押し負けそうになっていると後ろから柔らかいものが触れてきた。

背中からフィリアが俺を抱きとめて力を貸してくれていた。

「もう少しです……頑張ってください」

「――っ！　ああ……」

徐々に苦しげな表情が和らぐ美衣奈。

そして……。

「はぁ……はぁ……」

魔法陣が弾けるように霧散(むさん)していった。

「はぁ……はぁ……ハルト様、大丈夫ですか？」

「ああ……」

魔法陣が展開されている間のしんどさは例えるなら短距離を永遠と走らされているようなものだ。かなりしんどい思いをしたが、一方テイムが完了した途端、不思議とその疲労感もなくなって、今はむしろ身体が軽くなっている。

「美衣奈⁉　大丈夫なの！」

日野が駆け寄って美衣奈を抱きかかえた。

「恵……ありがと。うん、大丈夫」

「そう……それにしてもテイムって……」

日野が初めて見る顔をしていた。

誰にでも友好的な日野が、こんな顔をするのかというほど……。

俺に怯えるような、拒絶するような……美衣奈を抱きしめながらこちらを見つめてくる。

そして……。

「人間にも効いちゃうんだ……」

冷たく、ビクビクしながらそう言われた。

周囲のクラスメイトたちも、その言葉に固まる。
そりゃそうか。とにかくこれで、俺はクラスで孤立することになりそうだった。

第二章　テイム後の生活

「はぁ……」

あれから数日、異世界での生活は比較的穏やかに過ぎていた。

スキルや自分たちのステータスを把握したクラスメイトたちは各々楽しそうに過ごしているし、俺もある意味、いつも通りだ。

「ため息なんかついてたら幸せが逃げちゃいますよー？」

「もう逃げた後な気がするけど」

「本気で言ってるなら刺されますよ？」

「誰にだ……」

いつも通り絡んでくるのはかれん。

あんなことがあったというのにかれんだけは相変わらず俺に話しかけてくれてい

た。

かれんは「遥人くんがいなきゃ話し相手いなくなるじゃないですか」と笑っていたが、【テイム】が人間にも効くとわかったら多少なりとも何か感じるかと思うんだけど……。

「それにしても、いつも通りですねー」

かれんは気にした様子もなくいつも通りと言ってくれていた。

そして確かに、毎日のルーティーンは学生のときと大差がなかった。

午前中はこの国の歴史や自分たちが果たすであろう使命に関わる情報から、経済や文字の読み書きの練習。

午後は魔法の実技がメイン。ほとんどの生徒にとってはこの時間が本番だ。

で、夜は自由時間。

いずれにしてもうこちらの生活に皆慣れていく中、俺に訪れた変化がもう一つ。

「遥人、そろそろ実技だけど……どうしたの？」

「いや、俺と一緒にいていいのか？」

「は？　私はあんたの使い魔になったんでしょ？　だったらここにいるのが普通じゃない？」

なぜか美衣奈が俺のそばを離れなくなったのだ。

こうして距離を取ろうとするとこんな感じで機嫌を損ねるレベルで。

日野をはじめ、クラスメイトたちから距離を空けられた俺にとっては、与えられたライとかれん、そして美衣奈だけが話し相手だ。ありがたいことはありがたいんだが……。

「なによ」

「いや……」

テイムの影響だろう。

明らかに以前と違って表情も柔らかく、俺に対する敵意のようなものがなくなっている。

仕方なかったこととはいえ、早くどうにかしないとなと思う。

フィリアによるとテイムの影響を完全に排除することは難しいと言うが、何か方法があればと……。

考え込んでいるとかれんが俺の顔を覗き込んできてこう言う。

「ほら、刺されますって」

「いや……」

まあ確かに学校でも有名な美少女である美衣奈がそばを離れないというのはうらやましがられることかもしれない。

実際男子は、特に難波（なんば）あたりの視線は厳しい。

それどころか……。

「テイムの恩恵で私は特に練習しなくても魔法も使える。もうあのときみたいな失敗もしない」

「恩恵なぁ……」

「すごい力じゃない。テイムした相手も自分もお互いに能力を向上させる……。ライをテイムして強くなった遥人が私をテイムして、私が強くなる。それでまたライが強くなって、遥人が強くなって……どんどんテイムしていきたいわね」

「魔物相手ならいいんだけどな……」

「私じゃ不満なわけ？」

「そういうことじゃなく……」

テイムの恩恵は確かにすさまじかった。

宮廷に仕える魔法使いたちはこの国ではかなり優秀だと言う。

その魔法使いたちをしても、勇者として喚び出されたクラスメイトたちは勝てない相手になるらしい。

そしてそのクラスメイトたちに現状負ける気配がないのが、美衣奈だ。

もともと最上位のスキルを与えられていた美衣奈にテイムの恩恵が加わったことで手が付けられなくなっている。

難波や秋元といった優秀なスキルを持ったクラスメイトでも、今の美衣奈には歯が立たないのだ。

そんな美衣奈が俺に付きっきり。

おかげで現状誰も何も、直接は言ってこないのが救いではある。

「とはいえ視線がなぁ……」

「気にしなくていいでしょ。私がいるし。この子もかわいいし。それにあんたはずっと、かれんもいたじゃない」

「あはは。ボクはまぁ遥人くんしか話し相手がいないですからねぇ」

自称友達がいないかれん。半ば怯えられて誰も寄り付かなくなった俺。そしてそこに来たばかりに孤立に巻き込まれている美衣奈。

不思議な三人組で過ごすことになったわけだが、俺以外の二人が全く気にする素振りがないのは救いなのかなんなのか……。

まあとりあえず、間違いだけは犯さないように気を付けておこう。

デレ、とまでは行かずとも、明らかに態度が柔らかい上に距離の近い美衣奈といると思わず勘違いしてしまいそうになるが、今の美衣奈はテイムで作られた変わってしまった美衣奈のはずだ。

間違っても絆されないよう、俺だけはしっかりテイムの解除方法を探していこうと思う。

これが俺のこの世界での使命かもしれないと感じ始めていた。

「【テイム】！」
必死に私に手を伸ばしてくれたあの一瞬の光景が頭から離れない。
あれが何かのきっかけになったことは間違いない。遥人がそれを気にしていることもわかってる。
でも……。

「これはチャンスだ」

ずっと素直になれなかった。

いつからか顔も見て話せなくなってたし、今さらそれを改める機会もなかった。

というより、改めたらそれはもう告白と同じようなものだ。

いつの間にかそのくらい、自分の中でハードルが上がっていた。

「でも……今なら……」

テイムのせいにできる。

これを機に遥人に甘えればいい。

それで少しでも、遥人が私を意識してくれれば……。

「というより……」

これだけ近づいても私に触れさせすらしないのはどうかと思う。

「そんなに嫌っ⁉」

確かにテイムに罪悪感を感じているのはわかるし、でも……。

「ちょっとくらい意識してくれてもいいはずなのに……」

少なくともあの王女にはくっつかれてたし、鼻の下伸ばしてたし……結構いい雰囲気だったし……。

それにかれんだ。

学校でもずっと遥人と一緒にいたから意識はしていた。

ずっとずるいと思っていた。

でも話したからわかる。

「あの子……いい子だ……」

悔しいけど、すごく素直で、すごく話しやすかった。話すのが苦手なんて言ってたけどそうは思えないほど。

私と違って、まっすぐ遥人とぶつかってる。

うらやましい……。

「それに……あの子、眼鏡外したら……」

全然目立たない容姿だったのは、多分隠しているからだろう。似合わない眼鏡を選んでいるのもあえてのはずだ。あれに度は入っていなかった。

遥人が知っているかはわからないけど……。

「確かにフィリアも可愛いし、おっぱいも……私よりあるし……かれんも絶対かわいい。しかもあれ、胸も多分隠して……」

ダメだダメだ。考え込むと自信がなくなる。

そもそも自信があったらこんなに拗(こじ)れてないんだから……。

とにかく今は、私だけが遥人の隣にいられることをうまく活かして……。

「なんとか、振り向かせるから」

「遠征……？」

「ええ、皆さんもそろそろ実践が必要な頃合いかと」

午後の実習の時間にフィリアが言う。

すでに単純な魔法戦闘においてはフィリアではクラスメイトたちに勝てなくなっており、相手することはなくなっているのだが、こうして律儀に毎日出てきてくれていた。

「実践か……」

「むしろ遅すぎたくらいだ。これが騎士団ならもうすでに未踏のダンジョンに放り込まれていただろう」

ローグスがやってくる。

両脇に女性を、後ろに従者を引き連れている。

もうこの数日でクラスの人間も何人か夜、部屋に呼ばれたという噂が立っていた。

男子は基本的にローグスに良い感情を持っていないが、それでもこうしてたまに出てくると飴を落としていくので強く反対意見が出ていない。

いやまぁ、それ以上に、単純にローグスが強くて何も言えないという部分もあるだろう。

難波、秋元はもちろん、美衣奈ですら現状では歯が立たない。

恵まれた身体能力、全属性を使いこなす魔法適性、そして詳細不明のスキル。さらに圧倒的な戦闘経験の差があり、実技の時間に何度もクラスメイトたちを軽くひねっていた。

「勇者という存在は丁重に扱われるが、そろそろ退屈であろう？　ダンジョンには程良い敵も、それに伴う報酬も用意されている。腕試しと経験を積むのに良いだろうと私から進言しておいた」

「おお……！」

言うなればこれまでの数日は、体育の授業の延長線だった。

午前のカリキュラムに比べれば楽しめるが、さすがにみんな飽きてたんだろう。

そこにきてダンジョンというのは、いわば試合のような、本番のような楽しみがある。

「ダンジョン……遥人は楽勝そうね」

「いや……俺は美衣奈ほど強くないから」

美衣奈は現状クラスの中で最も強いが、俺は別に目立って強いわけじゃない。戦闘系のスキルじゃないかれんよりは戦闘力はあるかもしれないが、それでも美衣奈がいるからぎりぎり守られているだけという感じだ。

「それでも美衣奈さんが強くなるたび遥人くんも強くなってますからね……いいなぁ。ボクもテイムしてもらおうかな？」

「おいおい……」

勘弁してくれ。

なんか泥沼化しそうだから話を変えよう。

「そもそもダンジョンってのがよくわかってないけど……」

俺の声が聞こえていたのかどうかわからないが、ちょうど良くフィリアが説明を始める。

同時に俺たちが二人でいるのを見て難波が睨みつけてくるが……。

「今日はダンジョンについての注意点をまとめ、明日は朝からダンジョンへ向かいましょうか」

「いいじゃねえか！　とっとと行こうぜ！」

「明日と言われただろう……まあ、確かに同じ相手との模擬戦やら的当てでは退屈していたからな」

難波と秋元がそれぞれ言う。

そこからはダンジョンに関するレクチャーだった。

「座学は午前で終わりのつもりでしたが、少々お時間をください」

フィリアが話を始める。

「まずダンジョンとは、魔力を帯びた遺跡の総称です。内部には現代の技術では再現できない貴重な魔道具などが出現しますが、同時に危険な魔物やトラップが現れます」

「おおむねボクらの知識からずれてないですね」

かれんの言う通り、俺でもスッと入ってくるレベルだな。

「ダンジョンはとにかく魔力の濃度が高く、外部からも魔力を求めて魔物たちが集まります。内部でも湧き、外部からも集まる。魔力が濃いほど数も危険度も上がっていきます。そして魔力は、ダンジョンの奥に行けば行くほど濃くなっていきます」

「入り口付近より奥のほうが危ないってことか」

秋元がフィリアに問いかける。

「その通りです。基本的にはダンジョンが持つ魔力の総量がそのダンジョンの危険度……攻略難度になります」

「なるほど。で、明日行くという、ダンジョンはどうなんだ？」

「はい。明日向かうダンジョンは古くからこの王国が所有する、王家の墓と呼ばれるダンジョンです」

「物騒な名前だな……」

「ええ。ですがなぜそう呼ばれているのか、我々ももう理由はわかっていません。そして攻略難度も七。攻略難度というのは本来十段階で示されるのですが……難度七以上のダンジョンは人類では未踏破……事実上測定不能です」

「え……？」

「ご安心を。最深部に到達できていないだけで、すでに攻略された階層、特に三階層まではほとんど危険もないとされていますので、皆さんに向かっていただくのはそちらです」

「なんだよそれじゃ大して面白くねえじゃねえか」

難波が不満を言う。

クラスメイトたちの顔にも似たような感情が見え隠れしていた。

「まずは危険の少ない三階層までの踏破を目標にしますが、それでも戦闘は発生しますし、何より時間がかかります。少なくとも丸一日、ダンジョンの中で過ごさなくてはなりません」

「三階層じゃ雑魚ばっかじゃねえのか？」

「そうですね。皆さんにとってみればそうかもしれませんが……それでも、油断すれば、死にます」

「死……？」

「ええ。ですがまぁ、一度踏破されている範囲であればそこまで危険はありません。先人の開拓によってどこに危険が潜んでいるかわかっていますから」

死という言葉がクラスメイトたちに重くのしかかる。が、難波がこう言って空気を変えた。

「俺らは安全な道で見学会か？」

「いえ。三階層までに出現する魔物は良くてもＣランク程度ですが、それでも戦闘は発生しますから」

「おー」

「歴史上、戦う能力は高くとも魔物相手に攻撃を躊躇(ためら)って命を落とした勇者もおります。当日はまずその適性を確認することになるかと」

フィリアの言葉を聞いて、ライがテイムされる前の姿を思い出す。

いくら力があっても確かに、あの姿を見れば足がすくむことも起こりうるだろう。

「まずはダンジョンの注意点をまとめます。皆さんが明日、全員で生きて帰ってくるために」

フィリアの重みを伴った言葉に、クラスメイトたちも静かに耳を傾けたのだった。

「まずは攻略済みの定義からお話しします」

フィリアが空中に図を描きながら説明する。

「攻略済みというのは、このように事細かにマッピングされた階層を指します」

空中に展開された地図には、詳細なマップに加え、どこにどんな魔物が出現しやすいか、どこにどんなトラップが存在するかが示されていた。

「ゲームの攻略本みたいですね」

「確かに……」

かれんの言う通り攻略本がまさにイメージに近い。

「これだけなら特に注意することもなさそうに思えちゃいますけどねぇ」

難波も似たようなことを考えたらしく、フィリアにこう言った。

「おいおい、これじゃあなんも面白みがねえだろうがよ」

「ええ。ですが、ダンジョンには隠し通路や、それに伴うトラップがあります」

「隠し通路」

「ええ。見つけた先が宝物庫のようになっていて、一攫千金を掴んだダンジョン攻略者も存在はします」

「ほお」

ニヤリと難波が笑う。

だがフィリアの言葉はそれだけでは終わらない。

「ですが、多くの場合隠された要素はトラップで、命を落とします。この地図を見ていただけたらわかると思いますが、一階層の簡単なトラップでも毒矢が存在します。毒でのダメージはもちろんですが、そもそも至近距離から矢が放たれれば人は死にます」

フィリアの言葉に一瞬、クラスメイトたちが言葉に詰まった。

ゲームの攻略本にしか見えていなかった地図が、そしてダンジョンに対するイメージが、矢が至近距離で放たれるという絵面に塗り替わったのだ。

死が現実味を帯びるたび、ダンジョンに対する恐怖心が沸きおこる。

「この階層ではすでに何度もマッピングを更新しているので、そう危険はないかもしれません。それでも、例えば壁に触れただけでも危険な罠が発動する危険性があります。落とし穴や矢が出てくるようなシンプルなものならまだマシで、最悪の場合出口のない謎の空間に転移させられるなど、本当にどうしようもない状況に陥る(おちい)と言われていますので」

「そこまで……」

「ですので、とにかくなるべく触れずに済むものは触れないこと。そして危険とわかっているトラップにももちろん、触れないようお願いします。明日までにこのマップを頭に入れておいてください」

フィリアが言うと、三階層までの地図が同じように展開される。

すべてを覚えられずとも、危険な場所とその中身くらいは頭に入れておこう。

と、そんな作業に集中し始めたところで、ローグスが現れた。

「とはいえ三階層までにそう危険もないだろう。わかりやすいトラップや得体のしれないものは触れなければ良いだけだ。心配せずとも明日は魔物との実践を楽しめばいい」

「ですが兄様……」

「わかっている。だがせっかくの実践なのだ。ダンジョンに時間を取られても仕方なかろう。魔物との戦闘のためと割り切って、ダンジョンでは極力危険を回避するよう徹底してもらう。明日は私は同席できんが、万全を期して私の親衛隊をつけよう」

「親衛隊を⁉」

ローグスの言葉にフィリアが驚く。

これまでの授業で聞いてきたからわかるが、王子ローグスの親衛隊は王国最強戦力の一角だ。

王都騎士団、宮廷魔法使い、そしてローグスとその親衛隊。

王国の直轄部隊としてはこの三つが主力になるほど、少数ながらローグスの部隊は強いと聞く。ローグス本人が強いという話もあるんだが、まあとはいえ、勇者と呼ばれるクラスの人間を守れるのは逆に言えばそこしかないかもしれないな。

「あやつらなら十階層を超えても問題ない」

「流石にそれは……あのダンジョンはまだ七階層までしか踏破されていませんし、底が見えないと……」

「実際に行くとは言ってないだろう。そのくらいの強さはある。無論、全員が無事に生還できるとも思っておらん」

「はい……」

最高戦力がそろってもそのレベル……か。

ダンジョンというのがどれだけ危険か、それだけでなんとなくわかるな。

「とにかく案ずるな。明日は気楽に行くといい。優秀な勇者もいるのだからな」

そう言ってこちらを見てくるローグス。

その目はまっすぐ美衣奈に向けられていた。

これまでも何度かこういう場面はあったが、今日はいつもと違った。

「今日は部屋に来るといい。勇者たちの中でも随一の実力を持つお前にも挨拶をしたいと思っていたところだ」

美衣奈に向けて手を差し伸べるローグス。

初日、日野が堂々と部屋に招かれてからは、こうして全員の前で誘うことはなかった。

だがそれでも噂が立つ程度には、ローグスは毎日誰かを部屋に招いていた。

それが今日は皆の前での勧誘。断れば角が立つタイミングではあるが、美衣奈は気にする素振りもなくこう答えた。

「別にあなたにもあなたの部屋にも興味ないわ」

「なっ……」

信じられないものを見る目でローグスが美衣奈を見つめる。

クラスの男子たちが一瞬湧きたちそうになっているのが見えた。実際俺も、美衣奈のストレートな物言いにちょっと気持ち良さは感じていた。

「まぁいい。興味が出れば来るといい」

一瞬呆気にとられたものの、すぐにいつもの余裕を取り戻してローグスは去っていった。

気持ちよさは感じたものの少し不安になるな……。

「何もそこまで拒絶しなくても……」

「遥人は私が付いて行っても良かったわけ？」

「それは……」

あまり気持ち良くはないだろうけど……。

「ふん……」

それっきり、美衣奈は不機嫌に顔を背けてしばらく話さなくなった。

「あーあー」

「なんだよ」

そんな様子をかれんに笑われながら、明日の準備を始めたのだった。

第三章　ダンジョン攻略

「……なんで俺をこんなとこに呼び出しやがった」

「まあそうカッカするな。君が私を好いていないことくらいわかる」

「だったらなおさらだろうが！」

「だが、それでも君はここに来た。むしろ君のほうにこそ、願いがあるように感じるけれどね。ナンバヨウヘイ」

「ちっ……」

王城の一角。

誰も通らない薄暗い廊下で、難波（なんば）とローグスが向き合う。

「わかっているさ。気に食わないのだろう？　好いた女が自分より優れない男と一緒にいることが」

「別に好いてるわけじゃねえよ」

「ふむ……まあそれはこの際どうでもいい。だがその気持ちはおおよそ理解できる。だから少し、手助けしてやろうと思ってな」

「手助け？」

　ローグスの言葉に難波が反応する。

「テイム……あのスキルは危険だ。人間をテイムできる勇者などそのままにしておけば国内外で君たちを含めて悪い噂が立つ。今君たちを王宮から出せない理由は彼にある」

「あいつが……？」

「ああ、それだけ危険なんだ。彼は。彼のせいで君たちは、本来得られる自由が得られていない」

　あまりにもひどい言いがかりではあるが、難波には関係ない。

　思い通りにならない苛立ちをぶつける相手ができたというだけで満足感を得ていた。

「あいつをぶっとばせばいいってことか？」

「そうだな。だが彼は強い。まして勇者たちの中でも強力なモチヅキミイナを従えている。そのままでは勝てないだろう」

事実を告げられ、苛立ちを募らせる難波に、ローグスはこう言った。

「明日、親衛隊は君のものだ」

「は？」

「言葉通り。国内最高の戦力を君の手足として預けよう。ダンジョンなど事故はよく起こる場所。そこで人が一人いなくなったとしても、君を責める人間はいないさ」

「……なるほどな」

にやっと笑う難波。そこに一切の躊躇いはなかった。

「いいじゃねえか。せっかくこんなとこに来たんだしな。一回くらいそういうことしてたって、罰は当たんねえだろ」

「ふむ。どうするかは君次第だ。私はどうしても手が離せなくてな」

「任せとけよ」

「頼もしいな」

笑い合う難波とローグス。

初の遠征はこうして、それぞれの思惑を抱えて始まったのだった。

「ダンジョンでの行動は三人単位で行ってもらいますので、皆さんにも三人でチームを組んでいただきたいのです。信頼関係が大事ですので、こちらで指定せず皆さんで選んでいただければと思いますが……」

ここら辺も学校と同じというかなんというか……。

幸い三人なら迷う必要もなかった。

「ボクは遥人(はると)くんに見放されたら余りで組まないといけませんね」

「それは俺もだけど……美衣奈(みいな)はどうする？」

「私は遥人の使い魔でしょ？」

当然と言わんばかりに俺から離れようとしない美衣奈。

だが……。

「いいのか？」

「遥人は嫌なわけ？」

また不機嫌になる美衣奈。

「はいはい。チームワークが大事ですからね。背中を預け合うんですから今日は仲良くやりましょー」

「わ、わかったわよ」

勢いに押されるように美衣奈が折れる。

いつもはそのまま不機嫌になるのに……すごいなかれん。

「ありがと。かれんがいて助かった」

「はいはい。さっそくチームワークを乱そうとしないでください！　とにかく！　戦闘力は高いお二人ですが油断しないように！」

なぜか感謝しただけで軽く怒られたが、ひとまずなんとかなりそうだった。

美衣奈を日野たちのところに戻したほうが、とも思っていたけど、しばらくは逆効果になりそうだな……。

「ちょうど十組ですね。今日は私とお兄様の親衛隊、騎士団員の方々で万全を期して向かいます。今から向かうダンジョンは上層階の危険は少ないとされていますが、くれぐれもダンジョンの仕掛けには触れないよう、お願いいたします」

これだけ念を押すということは本当に危険なんだろう。とはいえ俺たちを含めクラスメイトも死の可能性を伝えられてからというもの、いつも以上に気を張っているから余計なことをしないとは思うが。

「それでは、チームごとにあちらの竜車に」

「竜車……？」

見ると馬車のようなものの先に、小さな恐竜のような何かがつながれていた。

「すみません。初めてでしたね。竜は」

そう言いながらフィリアが竜に近づいていく。

そしてその首筋を撫でると、甘えるように竜がすり寄ってきていた。

「かわいい……」

「かれんってああいうの好きなんだっけ」

「んー。なんにでも抵抗がないというか……まあ単純に憧れですよね。竜って」

「あー……」

わからんではない。生粋のオタクであるかれんにとっては思い入れも強いかもしれないな。目がキラキラしている。

「馬と同じと考えればいいのかしら」

「ぽいな」

馬車の延長と考えればいいとして……チームごとに乗るのか。

「えー、やっぱ女子と組んどけば良かったかなー？」

「どういう意味だよ」

「むさいじゃん。割と狭いっしょあれ。荷物入れたら」

日野と難波が言い合っている。

あそこは難波、秋元（あきもと）、日野で組んだようだ。身体強化で単純な近距離戦で最強の難波に、未来予知で自分と周囲の危険を感知しながら戦える秋元。そこに【聖魔法】を使える日野だ。

誰にでも使える基本属性と異なり、スキルに頼る特殊魔法。ほかの属性でも不可能ではないものの、回復魔法は聖属性の専売特許と言われている。

バランスのいいチームと言えるだろう。

「……恵（めぐむ）に見とれてないで、行くわよ」

「いや見とれてたわけじゃ……」

「はいはい。いいから行きますよー！　うわ、ほんとに狭いですね。荷物積んだら結構詰めないと乗れなそうで……これ、どう座ります？」

「普通に女子二人で並んで、俺が荷物を……」

「遥人くん、ライちゃんはどうするんですか？」

「あ、あー……」

　考えてなかったな……。

「一緒に乗り込めなくもないですが、結構ぎゅうぎゅうですので、ライちゃんに荷物を持ってもらって反対に、ボクたちは三人で座席を使うという手もありますね」

「三人は狭くないか……？」

「そこで問題になるのが、遥人くんがどこに座るかなんですが」

「あれ、俺の話聞いてる？」

「聞いてますよ？　ボクの隣と美衣奈さんの隣、どっちがいいかなって」

「え……」

　そういう話なのか……？　美衣奈を見るとこちらをこれでもかというほど睨んでいた。

「えっと……美衣奈は嫌そうだから――」

「嫌とは言ってないでしょ」

　あれ……。気を遣ったつもりが怒られた……。

「はぁ……まぁということで遥人くんと美衣奈さんで隣に座ってください」

「ということで、なのか？」

「はい」

よくわからないがかれんが真顔で言い切るので言うことを聞こう。

勢いにおされるように、俺も美衣奈も竜車に乗り込んだ。

ダンジョンは一日で帰ってこられる予定ではあるが、それでも非常時に三日は耐えられるようにいろいろと支給されていたのだ。荷物を詰めるとほんとにぎりぎりだ。

「おいで」

「グルゥ」

ライを呼ぶと嬉しそうにこちらにやってくる。

「悪いけど荷物を頼むな」

「グゥ！」

任せろと言うようにひと鳴きしたライを撫でながら乗り込んでいった。

「ほんとに結構狭いな……大丈夫か？」

「別になんともないわ」

狭い竜車の中。隣に座って完全に密着した遥人の体温を感じながら、私は内心パニックになっていた。

どうしたらいいの⁉　こんな距離で……汗とか大丈夫だろうか。心音伝わってないよね⁉

焦る私の隣で、かれんが話し始めた。

「それにしても、結構揺れるかと思っていたら快適ですねえ」

「御者もなしに動くのも便利だよな」

そういえば馬車と違ってそうだったかもしれない。

「乗り物弱かったけど、これなら大丈夫そうか？」

「えっ」

遥人がこちらを覗き込んでくる。

「だ、大丈夫よっ」

「なら良かった」

またやってしまった。

心配してくれたのに。

それに、覚えてくれたのに……。もう何年も関わってなかったのに、乗り物に弱い私のことを……。

落ち込む私をよそに二人はすぐに話題を移していた。

「ダンジョンといえば、遥人くんはテイマーですし何かいい相棒が増えそうですね」

「増やしていいのか？」

「え？　いいんじゃないですかね？　どう思います？　美衣奈さん」

「え……いいんじゃないかしら？　いや待って」

別に遥人が何をテイムしても問題はないかもしれないけど……。

「まず、連れて帰れる子じゃないと駄目よね」

「それはそうですよねぇ。ライちゃんだけでこんな状態ですし。もう一匹増えたらもう、私たちで重ね合わないといけなくなりますね」

「重ね合うっ⁉」

一瞬想像してしまってすぐに頭から追いやる。

「テイムできるかは置いておくとして、やるならまあ、場所取らないほうがいいだろうな」

「餌も問題でしょうしね。この子の分は王国が用意してくれてますが」

私も二人の会話に入りたいのに、どうしても入れずにもどかしい思いをする機会が多い。

……もっと頑張らないと。

昔の話はともかく、ずっと一緒にいたのはかれんのほう。だからそっちで話が合うのは仕方ない。

私が頑張って、遥人と話ができるようにならないと……。

「美衣奈、大丈夫か？」

「大丈夫よ」

こうやって話しかけてもらってるうちに……なんとか……。

しばらくそんなことを繰り返しているうちに、目的地にたどり着いたのだった。

◇

「おお……」

ダンジョンの入り口は洞窟のような、洞穴（ほらあな）のような。

岩壁の中に入っていくような状態になっていて、不思議とワクワク感がある。

「皆さんなら感じ取れると思いますが、ダンジョンはこのように魔力があふれ出ています。もし今後外に出て見つけることがあった際の参考に――」

「あーもうそれは昨日も言ってたろ？　いいから入ろうぜ！」

「あっ、ヨウヘイ様……仕方ありませんね。皆さま、くれぐれも気を付けてお入りください」

フィリアの忠告を聞き流して難波がダンジョンに押し入っていく。

「あれ……？」

「どうしました？　遥人くん」

「いや、難波はグループメンバーじゃなく、親衛隊と来たのかと思って」

「そういえば……日野さんと秋元さんは一緒でしたね。大きいから分けられたんですかね？」

冗談めかしてかれんが笑う。

「美衣奈は何か知ってるか？」

「知らないわ。仲が悪いわけではないはずだけど。もちろん恵が積極的に仲良くしようと思ってはいないでしょうけど」

まあ、勢いで一緒にいるだけというか、日野は誰とでも一緒になれるからな。

「とにかく行くか」

周りのクラスメイトも動き出したので俺たちもダンジョンに足を踏み入れた。

中の様子は現状では特に普通の洞窟と変わらない。だが何か不思議な力を肌に感じる場所だった。

「ここから先はグループメンバーから離れず、何かあれば近くの親衛隊の方か私に連絡してください。まっすぐ三階層に向かい、そこで戦闘訓練を行います」

フィリアの声が響く。

と、そこに難波が声を重ねた。

「なあ王女様よぉ。ダンジョンってのは先頭が一番危険なんだったよな？」

「洋平（ようへい）、何を……？」

「まあ黙って聞いてろよ。翔（かける）」

難波の隣にいた秋元も戸惑っているが、何か難波には意図があるらしい。

「えっと……先頭はもちろん危険です。最初に会敵（かいてき）しますし、撤退時も殿（しんがり）になりますので……」

「ならよぉ、一番強えやつが前に行くべきだろ？」

「ええ。ですので親衛隊の方に――」

「いるだろ？　ちょうどいいのが」

難波の視線が、まっすぐこちらを向いた。

「それによぉ。今日はいつもみてぇにあいつから離れられねえんだ。人間をテイムできる危険人物に後ろを張られてちゃ安心して歩けねえだろ」

「なっ……！」

俺より先に美衣奈が反応しそうになる。

「なあ⁉　そう思うだろ⁉」

難波がクラスメイトたちに呼びかける。

実際ここ数日、俺がどういう扱いになってきたかはよくわかっている。

反対する人間はいない。そもそも難波に意見できる人間がいなかった。

「いくら上層とはいえ危険が伴う役割を勇者様に任せるわけには……」

フィリアだけは渋るが、そこに親衛隊長がこう言った。

「我々がサポートに入るので一度任せてみては？」

「ですが……」

「いいや、そもそもよぉ、俺はこいつらより前を歩きたくねえ。聞けねえなら俺はここから動かねえよ」

「そんな……」

難波のめちゃくちゃな意見に、クラスメイトも親衛隊も反対を示さない。

フィリアは困り果てて、俺たちのほうを見た。

「どうするの？　遥人」

「まあ、別に前に行ってもいいと思うけど」

「そうですね。特に何かあるわけでもないでしょうし」

意見がまとまり、クラスメイトたちが道を開ける。

その間を通って前に行くと、先頭にいた難波と親衛隊の面々がジロジロこちらを見てくる。

「……感じ悪いわね」

「まぁ……」

美衣奈の言う通りではあるんだが、ある意味いつも通りだから気にすることなく先頭に出る。

難波がクラスメイトたちには聞こえないように、俺たちにこう言った。

「クラスメイトからハブられて、この国の人間にもこんな扱いを認められて、どんな気分だよ？　なぁ？」

「……」

こいつ……これだけのためにこんなことしたのか？

「ちっ……なんか言えや」

ちょっと言葉が出ないレベルだったのは美衣奈とかれんも同じだったらしく、特に何も答えずに横を通り過ぎた。

露骨に嫌な顔はしていたが。

「道順くらいは教えてくれるのか？」

難波を無視して親衛隊の人間に声をかける。

「もちろん。すぐ隣に我々がいるから心配しなくていい」

「なら──」

俺の言葉を難波が遮る。

「おいてめぇ！　無視してんじゃねえぞ！」

元の世界ならともかく、テイムの恩恵で強くなっている俺だと肩を掴まれたくらいでは脅しにならない。

それより気になったのは……。

「……何をそんなに焦ってるんだよ？」

「はぁ？」

「おい洋平……」

今度は逆に難波が秋元に肩をつかまれる。

振り返ると日野をはじめ、クラスメイトたちも奇妙なものを見る表情で難波を見ていた。

「くそっ……」

悪態をついて難波も下がっていった。

改めて先頭に立った俺たちのすぐそばに親衛隊の面々がやってきて、妙な雰囲気のままダンジョン探索が始まった。

◇

「なんだったんでしょうね」

隣で荷物を持ちながら歩いてくれているライを撫でながらかれんが聞いてくる。

「なんだろうな……」

「いつもあんなんじゃない？」

「美衣奈からはそんな印象だったのか……」

俺は遠巻きに見ることしかなかった難波だが、美衣奈は直接関わりがあったもんな……。

「よくわからない自分のルールで生きてるわよ。いつも」

「それで今日は機嫌が悪くて八つ当たり、でしょうかね？　まあ、美衣奈さんを取られたと思い込んでいる節もありますし、自分より強くなってるかもしれない遥人くんは目の敵でしたしね」

「気にしたってどうしようもないでしょ。さすがにあんな馬鹿でもダンジョンで暴れないでしょうし……いや、ないとは言えないけど、周りは親衛隊が囲んでるわ」

美衣奈の言う通り、難波の周囲は妙に親衛隊が多い。

フィリアが気を回してくれている気配もあるし、いったんは普通に進んでいくことに――。

「――っ⁉」

「どうされました？」

俺が突然立ち止まったせいで親衛隊が声をかけてくる。

「前に何かいるけど」

「……まだ我々には感じませんが……」

　隣を見るとかれんはピンと来ていない様子だったが美衣奈は俺と同じく臨戦態勢に入っていた。

　ただその様子をすぐ後ろにいた難波が揶揄う。

「おいおいビビっちまったのかぁ？」

「洋平、来るぞ」

「は？」

「勇者様がおっしゃるなら……総員戦闘に備えよ。第一層の相手とはいえ油断せぬように！」

　秋元の言葉もあって周囲に緊張が走る。

　初めての戦闘だ。

　現れたのは……。

「コウモリか！　いけるか？」

　ただのコウモリならともかく、明確に敵意を感じる。

　それにサイズが大きい。餌が肉や血とは限らないが、人とほとんど同じような大きさのコウモリともなればそれだけで脅威だ。

「グルゥ！」

ライに指示をするとすぐに飛び出して行って現れたコウモリを蹴散らす。

「ファイアアロー」

隣の美衣奈が炎魔法を放つ。放たれた炎の矢は同時に複数のコウモリたちを射抜くが……。

「後ろに抜けます！　気を付けて！」

コウモリの群れは思いのほか数が多い。俺たちだけでは打ち漏らしが発生するため後ろのクラスメイトたちにも届く。

だがさすがに勇者として呼ばれている面々だ。コウモリに生理的な嫌悪を示して動けなくなった一部のクラスメイトを除けば、難なく対処されていた。

「流石は勇者様方、これでは我々は今日一日楽させていただけそうですな」

「それはいいけど……にしてもこれ、でかいな」

「そうですかな？　まだ小物かと。数は思ったより多かったですが、この程度であればダンジョンではよくあることです」

「なるほど……」

親衛隊長の言葉はクラスメイトたちにも届く。

多分なんとなく、なんの苦もなくあっさりとしたダンジョン攻略を想像していた俺たちの出鼻をくじくには十分な出来事だった。

悲鳴を上げて腰を抜かした女子が擦り傷を作って日野に治療してもらっていたが、擦り傷ですらほとんどつくらない俺たちと、この世界の人間では常識が違うであろうことが改めて浮き彫りになった。

「さあ、進みましょう」

「ああ……」

気を引き締めて探索を続けた。

◇

「これは……」

探索を始めてもう二時間ほど経っただろうか。

二時間歩きっぱなし、というだけでもそれなりに疲労はたまる。ましてそれが、いつ何があるかわからないダンジョンの中でというならなおさらだ。

勇者として召喚されたことでステータスが向上していなかったらもう何人か脱落していたんじゃないかと思う。

そんな中、これまではただの洞窟だったのが、急に景色が変化する。

壁の一部が黒い何かに覆われているのだ。

「下層につながるゲートです。ここから二階層に向かうことができますが、先ほどと異なりここからは敵意を持った魔物も現れます。一度ここで休憩としましょうか」

「すごいな、こんなことになってたのか……」

もっとこう、階段的なものかと思っていただけに突然予想しないものが出てきて戸惑った。

ゲートを観察しているうちに親衛隊たちがそれぞれ荷物を広げ始める。

俺たちも座れる場所に各々座り込んだ。

「一階層だけでも結構消耗するんですねぇ」

「精神的にな……」

いつどこから敵が来るかわからないという思いが常にあったため歩いているだけでも相当疲れた。

先頭を歩いている分、余計にだろう。

「美衣奈は大丈夫か？」

「ええ……いや、ちょっと疲れたかも」

「なら……」

「膝、貸して」

「え……」

「おお……大胆ですねぇ」

美衣奈が俺の膝に寝転んでくる素振りを見せて――。

「冗談よ」

「なんだびっくりした……」

「流石にテイムされてても一線は守るわよ」

「そうか……いやまぁ膝枕くらいならいいのかとも思ったけど……」

「え⁉」

あれ、思ったより美衣奈の反応が激しい。

「まあ、さすがに人目は気になるか」

「問題はそこなんですね」

かれんも美衣奈も何か言いたげだけど……まあいいか。

「はぁ……まぁそれはそうと、これ、飲んでおいてください」

「ん？　いつの間に……」

差し出されたコップには色はわからないが何かの液体が入っている。

「美衣奈さんも」

「ありがと……」

「【調合】か。今回はどんな効果なんだ？」

かれんの能力は【調合】。かれん自身は誰でもできることがちょっと得意になるだけ、と言っていたが、同時にこういう普通のスキルって燃えるじゃないですかとか言っていた。

実際これまでも何度か実験に付き合って、ある程度役立つものもストックされていたはずだ。

「今回はさすがにどんな効果かわからないものは渡せませんから、普通に消耗した体力と精神力を……いわゆる栄養ドリンクみたいなものです」

「いや……栄養ドリンクで片付く感じじゃないだろこれ。すごい効果だぞ」

「なら良かったです」

飲んだ瞬間身体が何かに包まれたような錯覚を覚える。同時にだるさがスッと抜けていって、身体が軽くなっていた。

「すごいわね……」

美衣奈も感心する。

と、かれんがもう一本その場で調合を始めた。

「今度は何を……？」

「何が起こるかわからないものは出せませんが、効果の程度がわからないだけでまずいことにならない保証があるものがもう一つあったんでした」

「なんだそれ」

「えーっと……物理的なダメージを緩和する薬……でしょうか。自信がないんですがまあ気休めにはなるでしょうから」

「かれんが言うなら飲むか」

「こういうときに【鑑定】があるといいんでしょうけどね。お姫様には随分色々見てもらいましたよ」

「そうだったのか。今は……ちょっと忙しそうだな」

フィリアのほうを見ると親衛隊の人間と何かのやりとりをしている。

同世代に見えるフィリアだが、ここでは引率役だ。先頭を歩く俺たち以上に気を張っているだろうな。

「はい。美衣奈さんや遥人くんのような派手な力はないですが、ボクもそれなりに役に立てるみたいですねぇ」

「それなりどころか……これむしろ元の世界で使えたら最高だったな」

「あー、それはいいですね……これ、完徹しても次の日ピンピンしていられますからね」

「そんなことしてたのか……」

でもまぁ、相当便利だよな……。

「まあそんなこと言ったら遥人くんは動物園かサーカスでも作ればいいですし、美衣奈さんはもはやこちらの世界でも無双できる強さですからね」

「まあ、言っても仕方ないか」

「そうよ。今はこの世界でどうするかなんだから」

美衣奈がそういいながら立ち上がる。

周囲もそろそろ動き出そうかという雰囲気になってきたところで、難波と秋元が揉めだした。

「洋平⁈　何してんだ」

「ああ？　こんなもん置いてあったら触るだろうが」

「あれほど勝手に見知らぬものに触るなと言われただろう！　それにその形状……教えてもらっただろ！　一番やばいトラップだぞ⁉」

難波が手にした何かから光があふれだしていた。

「ああ⁉　んなこと言われてねえだろ⁉」

「言われて――くそ……どうすればいい⁉」

秋元が親衛隊とフィリアに向けて叫ぶ。

「これは……こんなもの過去一階層で出てきたことなど……」

「それより対処法を！」

「この場ではどうすることも……触って光る遺物となると考えられるパターンは直接のダメージか、転移等のトラップ……」

「それって……」

教わった限り最悪。

転移の先がこの世であればともかく、転移トラップを食らって戻ってこれた事例が少なすぎるのだ。そもそも異世界から召喚されている俺たちからすれば、転移の先がこの世界でなくとも何も不思議じゃない。

「離れろー！」

親衛隊長が言うまでもなく、周囲の人間たちは難波を中心に距離を取っていく。

「お、おい⁉　俺は……俺はどうすりゃいいんだよ！」

難波の叫びに反応する余裕のある人間はいない。

それでも親衛隊長だけは、なんとか難波に言葉を返す。

「今はとにかくそれを刺激しないでくれ！　なるべく動かさず、じっと持っておくんだ」

「くそがっ！　それじゃ俺が助からねえだろうが！」

難波が悪態をついて周囲を見渡して……俺を見て笑った。

「――っ⁉」

「こうすりゃいいだろ⁉　なあ！」

光る何か――トラップの起点となるそれを俺に投げつけてきたのだ。

「なっ！　そんな衝撃を与えたら……！」

慌てる親衛隊長だが、その位置からではどうすることもできない。

「遥人っ！」

「美衣奈は逃げろ！　かれんも！」

「いや……もう手遅れですね」

「くっ……」

　二人はもう俺の近くに寄ってきてしまっていた。逃げ出そうと思えば逃げられただろうに……。

「一人で行くなんて許さないわよ。私はあんたの使い魔なんでしょ」

「まあ、ここまで来ちゃいましたしね」

　二人がぴったり俺にくっつくように近づいてきて、ちょうど難波の投げてきた何かが、目の前で爆発した。

　爆発したそれは不思議なことに俺たちには一切のダメージを与えず、なぜか足場だけを崩壊させた。

　崩れる足場と、離れていくクラスメイトたち。

「おい⁉　どうすんだよこれ⁉」

「難波！　お前が勝手なことしたから！」

「うるせぇ！　俺は悪くねぇ！　俺は言われた通りに……」

「言われた……？」

「と、とにかく！　俺は悪くねえ！　悪いのは全部あいつだ！　筒井のやつが！　筒井が勝手に落ちやがった！　望月も！　湊も！　巻き込んだのはあいつだ！　そもそもあいつが望月を【テイム】なんてしなけりゃ！　こんなことにならなかっただろうが！」

難波がクラスメイトたちに向けて必死に叫ぶが、この状況を生み出したのは誰がどう見ても難波によるもの。

それでもクラスカーストのトップに君臨し続ける難波に直接何かを言える人間はいなかった。

「くっ……我々が付いていたのに……」

親衛隊の面々の表情もよく見える。

そんな様子を眺めながら、俺…筒井遥人は、二人と一緒に静かに、奈落の底に落ちていったのだった……。

「そんなっ！　勇者ハルト！　ミイナ！　カレン！」

フィリアの声が、ずっと遠くに響いていた。

第四章　奈落の底で

「……ここは？」

意識を取り戻したのは暗くじめじめした場所。周囲は水たまりが広がっていて、空気が悪い。

感覚ではずいぶん長く落ちていたような気がしたが、不思議なことに落下でダメージを負っていなかった。

いやこれは……。

「かれんの薬のおかげか？　助かった」

「まさかこんなにうまくいくと思ってませんでした。すごいですねこれ」

効果がわからないと言っていたかれんの調合薬に救われたらしい。

「美衣奈（みいな）も無事……か」

「ええ――っ⁉」

俺と重なり合うように落ちてきたらしく、すぐに美衣奈が身体を離した。

さっきの膝枕が冗談だってよくわかる反応だ。

いったん美衣奈が落ち着くまでかれんと話をしておこう。

「眼鏡、取れたんだな」

「ええっ……リアクション薄くないですか？」

「いや……まあ……」

「それだけ⁉　ボクにとっては結構重要だったんですけど⁉」

「逆にここまでの付き合いで気づいてないと思ってたのか？」

「え……」

かれんは普段わざと似合わない眼鏡で目立たないようにしていた。さすがに学校でずっと一緒にいたのだから気づく場面もあるわけだ。

本人が気づかれないようにしてるならこちらも合わせようとしていたんだが……。

「気づいてたのに、何も言わなかったんですか？」

「え……そこなのか」

「不服です」

心底不服であると表情でも物語ってくる。

眼鏡がないと普通にただの美少女なせいで、そんな表情も絵になるのがずるいわけだけど。

「楽しそうなところ悪いけど、そろそろ現実を見たほうがいいんじゃないかしら」

「うぐ……そうですね」

復活した美衣奈だが妙に機嫌が悪い。

まあいつまでも遊んでいるようだとそうなるか、そろそろ真面目に考えよう。

「まずはここがどこか考えるか」

周囲を見渡す。

一階層のときと違って洞窟の土というよりは、もっと何か、人工物に……コンクリートに近い印象を受ける。

周囲もあの土壁と違い角張っていた。

「んー……順当に考えるならあの位置からの落下ですし、あのダンジョンの地下、ですかね」

「逆にそれ以外なら打つ手なしでしょうね」

「まあそりゃそうか」

美衣奈の言葉に、一緒に落ちていたライも不安そうにうつむいていた。

最悪の場合出口のない空間に閉じ込められるわけだから、今の時点ではそうでないことを祈るしかない。

「まあここはあのダンジョンと仮定して、どのくらい下に来たかだな」

フィリアが王家の墓と言ったダンジョン。

わかっているのは三階層までは安全なこと。

七階層までは探索済みであること。

そして十階層までは存在が確認できているということだった。

「七を越えていなければ、救助が来るという可能性もありますね」

「あとは自力で戻るか、ね」

かれんと美衣奈が言う。

だが救助に関しては、おそらく期待できないだろう。

「親衛隊長の最後の顔、見てたか？」

「え？」

二人ともきょとんとしている。

俺も信じたくはなかったが……。

「笑ってたぞ。あの顔は」

「はぁ⁉ どうして」

「それに難波があの魔道具を持ち出してから、親衛隊は明らかに難波の動きと連携していた」

「連携……」

難波があれを手にしていたとき、フィリアと親衛隊長で反応が大きく異なっていたのだ。

実戦経験の差もあるだろうが、それにしても親衛隊長は冷静すぎた。

それこそ、最初からこうなることがわかっているような、そういう位置取り、動き、指示だった。

「来るときの竜車が分かれていたのも、親衛隊と難波くんが話すため、だったということですかね」

「そういえば最後に難波は、言われた通りなんて言ってたわね……」

そうなると当然、ローグスの関与が疑われる。

親衛隊長はローグスの傘下。

「私があのとき、あいつの誘いを断ったから……？」

美衣奈が不安そうに言った。

「そのくらいでこんな……」

「王子にとってはそのくらい、気に障ったのかもしれないけどな。ただまあ、仮にそうだったとしても美衣奈は悪くない」

「でも……」

「そもそも美衣奈があのまま付いていってたとしても、俺は消されてたと思うぞ？」

「え？」

そもそもテイムが人に効くとわかって、一番警戒しないといけないのは王家の人間のはずなんだ。

美衣奈の変わりようを考えれば、テイムで従えた場合ある程度相手を好きに動かせると考えられる。

そんな力を前に、いつまでも王子が無防備に姿をさらすわけにはいかない。

とはいえ勇者たちを放置したくもない。

そうなれば答えは必然的に絞られるわけだ。

「……だとすれば、これ、ダンジョンから戻ったとしても私たちって居場所は

「……」

かれんが言う。

「俺が死んだことにして、二人だけ戻ってもらうのは――」

「嫌よ」

「だめです」

速攻で二人に否定された。

「遥人はどうするつもりなのよ、そうなったら」

「別にこの世界の国はあの王国だけじゃないだろうし、どっか別の国を探して生活してみようかなと思ったけど。幸いテイムは結構強力だし、それこそさっき言ってたみたいに動物園でも作れるなら……」

「私もやるわ」

「え？」

「それ、私もやるから」

「いや別に動物園が作りたいわけじゃなくて……」

「いいから。とにかく私は遥人に付いていく。私だって遥人の使い魔なんだから、付いていく権利はあるでしょう？」

理屈がわからないがとにかく引くつもりがないことはわかった。

かれんもそこは同じようだ。

「ボクなんて、ボクだけ帰ってもぼっちで辛い思いするだけですからね。ここで遥人くんと死んだほうがましです」

「縁起でもない……とも言い切れないのがあれだけど……」

まあとにかく、三人が一緒に行動するとなると……。

「ひとまず王国に戻るのはなしか。むしろ王国と、あの王子と戦うことも想定してないといけないいな」

「まあそもそも、ここから出られるかどうかですけどね」

かれんの言う通りだった。

もはやどこにいるかもわからない状況で、荷物は三日分の食料。

「ひとまず周囲の探索だけど、トラップ対策からやりたいな」

「何か考えがあるんですか？」

「ああ。一階層じゃ役に立たなそうだから放置してたけど、ライがある程度は危機感知できるみたいだった」

「そんな力が？　すごいですね、ライちゃん」

かれんに撫でられて誇らしげに顔を上げるライ。

「まあ、ライに限らずダンジョンの魔物はそういうものらしい。とにかくライに先頭を歩いてもらえば、ある程度は安全だと思う」

で、問題はここからだった。

「どっちに行く?」

どっち、というのは、前後左右という意味ももちろんあるが――。

「遥人は、攻略できると思うの?」

ダンジョン攻略。

入り口に向かうのではなく、さらに深く潜って、ダンジョンの最深部から出口につないでもらうという考えだ。

フィリアから聞いた話によると、ダンジョンは最深部にそういった仕掛けがある場合が多いらしい。

当然危険もあるが、攻略の恩恵も相当なものだという。

個人で攻略を達成した場合、そこで得られる財宝や希少な装備、魔導書などで、三代は安泰と言われるほどの稼ぎを得る。

さらにダンジョン攻略者という称号のおかげで、その後のくいっぱぐれはほとんど避けられるという話だった。

「ダンジョンの攻略……ここって七階層までしか踏破されていないんでしたよね？」

「そのはずだな。だけどもう、入り口に戻るより進んだほうがゴールが近い」

ダンジョンは魔力があふれる遺跡だ。

その根源は当然、最深部にある。

俺が言うまでもなく、魔力を感じ取れるようになっているかれんも、俺よりも魔力の感度が高いであろう美衣奈も、当然気づいていることだ。

「攻略を目指したほうが距離は近いでしょうけど、行けるかしら？」

「行く価値はあると思ってる」

「なら行きましょう」

即答だった。

「ボクも異論はありませんよ」

かれんも同意する。

「じゃあ、魔力が濃いほうに向かうぞ」

感覚的ではあるが、目的地に向けて歩き出すことになった。

「ああその前に……かれん、あれもう一回作れるか？」

「あれ……ああ、確かに思った以上の効果でしたし、飲んでおいて損はないでしょうね」

かれんが荷物をごそごそと取り出している間に美衣奈と目を合わせる。

「わかってるわよ」

周囲の警戒を分担しよう、と提案しようとしたんだが、言うまでもなく美衣奈はライと反対のほうを向いて準備をしている。

「以心伝心ですねえ」

「かれんも、あれだけで伝わってたじゃない」

「あー……いやそれは……と、できましたよ。飲んでください」

「あ、ありがと……」

もともとクラスの中心でちやほやされていた美衣奈と、クラスの端っこで俺としか話してなかったかれんではちょっとぎこちないが、まあちょっとずつ慣れていくか。

「遥人くんも」

「ありがと。これで多少のトラップは大丈夫と思うと精神的な疲労が全然変わるな」

「確かにそうですねー。いやー、色々試しておくものですね」

本当にそうだな。

「じゃあ行くか」

「はい」

ライを先頭に歩きだしながら美衣奈が聞いてくる。

「にしても遥人が安全策を選ばずに攻略を目指すって……意外だったけど、何かあったの？」

「んー……ああ、ちょうどいいからこれで試そう」

「え……なっ⁉」

ダンジョン内部は当然魔物が存在する。

落ちてからここまで無事でいられたのは運の要素が大きいのだ。

「オオカミ……ですよね？」

見た目はまんまオオカミ。

それでもかれんが不安げに聞いてきた理由はそのサイズとオーラだろう。

体は俺たちの倍に迫ろうかというほどの大きさ、そしてライをテイムする前のような禍々しいオーラに身を包まれている。明らかに一階層で見てきたコウモリなんかとは次元が違う、化け物だった。

「ライちゃんで行けるんですか⁉」

「私の魔法で――」

「いや、ちょっと待っててくれ」

すぐさま戦いの準備を始めた二人を制して、俺は一歩、ライよりも前に出た。

そして……。

「【テイム】」

「グッ……ガァ……」

一瞬抵抗するような様子を見せたが、すぐにこちらの要求に応じてくれた。

要求したのは敵対しないこと。向こうの要求も同じだ。

こちらはライガルはもちろん、美衣奈がいる。美衣奈の持つ魔力を見た相手も、戦闘を避けられるならそうしたいと願ったのだ。

「すごい……」

隣で美衣奈が口を開けていた。

「美衣奈がいないと成り立たない方法だけどな」

「なるほど。これはでも、本当にすごいですね。二人の力が増したのをボクからでも感じますよ？」

そうなのだ。これについては意図していたわけじゃないんだが、僥倖だった。

「まあ、美衣奈ってローグスはともかく親衛隊よりは強かったからな……。こいつも互角くらいだったと思うから、恩恵が大きいんだろう」

テイマーの恩恵。

テイムした使い魔の能力に応じてテイマー自身も強くなる。

そしてテイマーの能力に応じて、テイムした使い魔の力も増す。

この子のおかげで俺は強くなったし、この子も強くなっている。そして俺が強くなれば美衣奈も強くなる。

「うらやましいですね。本当にボクもテイムしてほしいくらいですよ」

「いやいや……」

美衣奈の変わりようを考えたらかれんをテイムしたときどうなるかわからなくて怖い。

「まあ、必要になったらお願いすることにしますね。ボクの【調合】もまだ役に立てるみたいですし」

「それはそうだけど……と、こいつも一緒に進んでもらうとしよう。ライだけに警戒を任せるんじゃ大変だろうし」

「グルゥ！」

まだできると言わんばかりにライが主張してくるが、とりあえず首元を撫でてやった。

「ライも頼りにしてるから……。で、こいつも名前が欲しいけど……」

「この子かわいいですね、うちで昔飼ってたゴールデンレトリバーを思い出します。色は違いますけど大きくてもふもふな感じが」

「じゃあ名前はレトとかでいいか」

「え……そんな適当な――あれ、気に入っちゃったじゃないですか！　尻尾ぶんぶんですよ！」

「かわいいな」

如何（いか）にも獰猛（どうもう）そうで、サイズも重量も優に俺を越えている生き物が、尻尾を振って甘えてくるので撫でてやる。

テイム……すごいな。

「ダンジョンは階層ごとに出てくる魔物の強さは大きく変わらない……のよね？」

「フィリアの話だとそうだったな」

「だったら……」

「ああ、この階層の魔物は、なるべくたくさんテイムして下に行く」

テイムするたび強くなるのだ。やらない手はない。

「本当にボクもテイムしてもらいたくなってきたんですが……」

「必要になったらな……」

「うぅ……」

現時点ではリスクのほうが高い。

「それにしても、この場所でのテイムってチートですね。この世界、経験値とかレベル上げって概念はなさそうでしたから、遥人くんと使い魔だけがどんどん強くなっていきますね」

「言われてみればそうなのか」

「成長チートですね……これでもし使い魔たちが子どもでも産めばネズミ算的に強くなるんじゃ……」

「こ、子ども⁈」

「そういえば美衣奈さんも使い魔でしたが……さすがに人間は想定してなかったで

すね……」

話が変なほうにいったな。

「子どもより、レトに仲間を呼んでもらうほうが早いかもしれないな」

「え、そんなことできるんですか⁉」

「やってみるか……レト、いけるか？」

当初の屈強さよりもすっかり犬っぽさが出ているレトに呼びかけると、嬉しそうに同意を示して——。

「ワオォォォオオオン」

「遠吠え？」

「ああ……しばらく待ってればいいって」

遠吠えをしたらすぐにすり寄ってきたレトを撫でてやっていると……。

「え……」

ダンジョン中が震えるような地響きが周囲に鳴り響く。

「これ……大丈夫なの⁉」

つかまる場所を求めて一瞬俺のほうに来ようとして、近くにいたライにしがみついた美衣奈が叫ぶ。

「レトいわく、大丈夫らしい」

俺も近くの壁につかまりながら、地響きが鳴りやむのを待っていると……。

「ちょっと遥人くん……まさかこれ……」

地響きの正体が近づいてきて、かれんも気づいたらしい。

「ダンジョン中の仲間を呼んだのか⁉」

「ワフー！」

嬉しそうに吠えたのと同時に、大量のオオカミの魔物が周囲に飛び込んできた。

「何体いるんだ⁈」

「二十は超えてますね……」

「え、遥人、まさかこれ全部テイムするつもり……？」

最初にレトと出会ったときとは違って相手に敵意を感じないから俺たちも比較的余裕があるが、それでも自分たちより身体が大きな魔物に周囲を囲まれているという緊張感はある。

「もし全部テイムできたとしたら、この先もずいぶん楽になりそうですが……」

「まあ、やってみるしかないだろう」

よくよく確認すると、集まったオオカミたちはレトよりは小さい。

微妙な差ではあるが、群れで生活するオオカミにとってこの差はきっと小さくないはずだ。最初に出会ったのがレトだったのがラッキーだった。

【テイム】――ぐっ……」

一気に体の力が抜けるような感覚を受けてふらつく。

「遥人⁉」

「ああ、ごめん」

美衣奈がすぐに駆け寄ってきて支えてくれた。

「大丈夫なの？」

「多分魔力を持っていかれたんだと思う」

それが急激だったから一瞬ふらついたんだろう。

「でもそのおかげで、多分できたぞ」

ふらつきが一瞬で収まった理由もおそらくこれだ。テイムが成功して、一気に自分のステータスが向上したのだ。

「美衣奈も身体が軽くなってるんじゃないか？」

「え……ほんとだ。というかこれ……正直この階層じゃ苦戦しなくなったんじゃないのかしら」

言いながら周囲に水魔法を展開する。

空中にガラス細工のような、水でできた城が現れてふわふわと浮かんでいた。

「ここまで精密な魔法って……宮廷魔法使いたちでも再現できないんじゃ……」

かれんも驚くほどの変化だった。

俺も俺で、かなり力が増したのを感じている。

テイムによって得られる恩恵は、テイムした相手の能力に準ずる部分がある。

オオカミたちの屈強さを反映して自分の体力や耐久力が向上したり、おそらく今なら走ってもそれなりの速度が出せる自信がある。

さらにテイムの恩恵はそれだけではなかった。

「これ、スキルが増えてるかもしれない……」

「え？」

「鼻が利くようになったんだけど、ちょっとそれだけじゃ説明がつかない状況になってて……」

「どういう……」

「壁の向こう、曲がり角の先の景色くらいが見える」

俺の言葉にかれんも美衣奈も反応できず目を丸くしていた。

一拍置いて……。

「はぁ⁈」

「えぇっ⁉」

両者ともに叫び声を上げて近くのライとレトをはじめオオカミたちに驚かれていた。

「いやいや、結構とんでもないんじゃ……というか、見え方が変わって大丈夫なんですか？」

「ああ、見ようと思えば見れるってだけだから……というより、景色の見え方も鮮明なわけじゃなく、向こうに何かあるかもとか動いてる気配を感じるとかそういうのだから、サーモカメラとかのイメージかもだな」

ダンジョン内ではかなり便利な能力だ。壁に埋め込まれている罠や隠し扉まで把握できそうだしな。

「まあでも、俺が実際に見なくても、こいつらに任せればいいんだけど」

レトが連れてきてくれたオオカミたちは二十を超えていた。そのどれもがこの階層で生き残る力を持った存在なわけだ。いろいろ任せられそうで頼もしい。

「これだけいれば次の階層に行っても問題なさそうですね」

「そうだな。案内頼めるか？」

「ワフー！」

「ウォオオオン」

「クォオオン」

全員が一斉に思い思いの返事をして駆け出していく。

付いていこうとするとレトが俺の服を軽く噛んで何かを訴えかけてきた。

「乗れってことか？」

「クゥゥゥン！」

そうだと言わんばかりの返事。

ほかにも二頭、レトと並んで首を下げるオオカミの姿があった。

「私たちも……？」

「これ、どこにつかまれば……」

戸惑いながらもそれぞれ乗る美衣奈とかれん。

どうもライがちょっと寂しそうにしていたので撫でてやる。

「こうなるとライしか戦えないから、頼りにしてるぞ」

「グルゥ！」

やる気を取り戻してもらったところで俺もレトに乗る。

乗った瞬間、軽く吠えるとすぐに走り出した。

「おお……」

身体能力も向上したからか、足に力を入れておくだけで問題なくレトに乗ったまま移動ができる。

美衣奈も一応モフモフした毛皮につかまる程度で似たようなものだろう。

「ええぇ……これどこにつかまればいいんですかぁああああ」

かれんだけが身体全体で必死にしがみつくことになっていて大変そうだったけど
……何はともあれ、ダンジョンという危険地帯に対する見え方が変わるくらいにはあっさりと、落ちてきた階層を抜けることに成功したのだった。

第五章　クラスメイトが減った世界

「よくやったじゃないか、ナンバヨウヘイ」

「ああっ⁉　てめぇ、あれのせいで俺が今どんな状況になってるかわかってんだろうな⁉」

「まあそう怒るな。そのフォローのためにお前の友人を招いたのだから」

王城の一室。

王太子であるローグスが親衛隊を引き連れて対面するのは難波と……。

「なるほど。遠征の日の様子がおかしかったのはこれか」

秋元翔だった。

「理解が早くて助かるな。邪魔者が消え、これでようやく君たちにも自由が与えられる」

「自由が……？」

「わかっているんだろう？　テイマー、それも人に効くような危険な術を持つものを勇者として外に出すわけにいかなかった」

「なるほど。俺たちがいつまでも王宮で退屈な生活を強いられていたのは筒井のせいだったと言いたいのか」

「ああ。だがもうこれで問題はなくなる。少しずつ君たちにも外のことを学んでもらわなければならないからな」

ローグスが笑う。

彼の言葉がどこまで真意を語っているかはわからないが、今話の腰を折るほど重要ではない。

「湊はともかく、望月まで巻き添えは計算通りだったのか？」

「いいや、あれは不慮の事故……とはいえ彼女はもう駄目だっただろう。テイムの影響を受けすぎているし、解除法もわからないのだから。ミナトカレンについては、特に重要なスキルを有していなかった」

「あっさりだな……」

人が、それも毎日顔を合わせていたクラスメイトが三人も死んだというのにこの対応。秋元は改めてこの世界の常識が自分たちと異なることを感じ取る。

　表では一応、フィリアを中心に悲壮感に暮れている姿を見せていた王国。だが秋元には、ローグスこそ王国の真の姿と映っていた。

「くそがっ！　そのせいで俺は人殺しみてえな目で見られてんだぞ！」

　喚く難波を一瞥して秋元はため息をついた。

　人殺しみたい、ではなく、実際にそうなのだ。

　ローグスに何を言われていたかわからない秋元だが、難波がどんな思考回路でことに及んだかはおおよそ想像がつく。

　深く考えずに目先の感情だけで動いて、いざことが大きくなってからこうして焦って周囲に怒りをぶつけているのだろうと。

「そのことで呼ばれたと言っていたけど、俺に何かできるか？」

「できるだろう。クラスの雰囲気を作っているのは君だ。なんなら何人か協力できる子もつけてあげていい」

　ローグスの言葉に顔を歪める秋元。

　協力できる子、というのが、ローグスの部屋に招かれた女子生徒であることを察しての嫌悪感だ。

とはいえこの状況で、断れる空気でもない。

「まあ、そっちはなんとかする。だから洋平も心配しないでいい」

「おお⁉ そうか。じゃあ頼むわ」

「別にクラスのことは大したことじゃない。問題は別だろう？ 本当に死んでるんだろうな？」

「ほう……見てきたのは君たちだろう？ それを疑うのか？」

「報告を受けているんだろう？ 死んだところを見たんじゃない。足場が崩れて落ちていっただけ。しかもあの場所は一階層だぞ。大したことはないんじゃないかと思ってな」

「ふむ……確かに一階層の足場が崩れれば二階層に向かう。普通なら」

「普通なら……？」

「近くにゲートがあっただろう？ ダンジョンの構造は人工の建造物とは異なる。層と呼んでいてもそれが重なり合っているわけではない。ゲートでの移動以外は、ダンジョンからすればルール違反だ。その遺物を排除するためにダンジョンは特別な動きをする」

「……そこまでダンジョンのことがわかっていたのか？」

「おっと……君たちへの授業では言っていなかったな。付け加えるなら、あのダンジョンは全部で二十五階層。踏破したのは七階層まででも、全体像はもう見えている」

ローグスの言葉を受けて考え込む秋元。

「イレギュラーを起こした彼らをダンジョンは、下層に招き入れているという理解でいいのか？」

「ああ。良くても十五階層より下、予想では二十階層を超えているはずだ。上がってくるには遠すぎる」

「二十……そこは望月でも対応できないのか？」

「ふむ……あのテイマーが所有していたライガルという魔物を覚えているか？」

「ん？　ああ……」

「あれが七階層の魔物だ」

「あれで……」

ライガルの強さは初期状態でBランクと言われていた。

スキルの扱いを覚えた今ならともかく、召喚されてすぐに見たあの魔物の放つプレッシャーを秋元もよく覚えている。

「テイムの恩恵を受けたのか、もう少し強くなっていたようだが……十階層を超えたダンジョンは一つ下に行くだけで魔物の強さは三割増しになる」

「三割……」

「十階層がライガルの強さだとして、二十階層まで行けばどれだけ強くなっているかわかるだろう？」

「十階層から数えても毎回三割増しなら十三倍。七階層から計算すれば……三十倍だぞ」

一瞬で計算した秋元をローグスが珍しく本気で驚いた目で見つめた。

「君は本当に優秀だ。で、その状況で三日分の食料しかない彼らは生きていけるかな？」

「……無理だろうな。望月が強いと言ってもあの魔物の十倍以上とは考えられない」

「そうさ。奇跡が起きたとしても、ダンジョンに住まう魔物は一匹じゃない。数に囲まれればそれで終わりだ。モチヅキミイナは確かに強いが、残りの二人は大したことはない。落ちた先のことを思えばくれてやったライガルもだ」

「この世界は急激に強くなる方法もなさそうだったしな。経験値だなんだがあればともかく」

「経験を詰めるのは実践のそれくらいだろうな。だから心配しなくとも良い。それにもし仮に帰ってきたとしても、ダンジョンの入り口には常にこちらの兵を配置している。満身創痍の不審者に事故死してもらうくらい、わけないだろう？　なんなら戻ってくるまでに君たちが強くなっておけばいい」

「なるほど」

秋元もそこまで説明を受けたところでようやく納得した。

クラスメイトたちを誘導するにしても、いざうまく進んだあとに万が一死んだはずの人間が戻ってくれれば計画が崩れる。

その心配だけ、入念に計算して排除したかったわけだ。

秋元ももうすでにこの時点で、正気ではなかっただろう。クラスメイトの死という現実をどこか受け止めきれずにいたから。

だからあっさり、ローグスの提案に乗った。

「さっきの口ぶりじゃ、俺たちを強くする算段があるのか？」

「ああ。君たちはまだ体に強さが馴染んでいないだけだ。スキルを磨き、実践を積み、力を解放していけばまだまだ強くなる。ダンジョンに落ちた彼らでは見られなかった景色を存分に楽しめばいい」

そういって笑うローグス。

秋元はクラスメイトたちをどう誘導するか考え込んだ。

「めんどくせえ話は終わったか？」

ひと段落して難波が声をかける。

何も考えていない難波に苛立ちを覚えた秋元だったが、むしろここまで話に割り込んで邪魔をしなかっただけましだと思いなおしたのだった。

「なんか、あっという間に三階層くらい抜けてこれたけど……」

「一階層ごとにちょっとずつ敵が強くなってましたが、テイムの恩恵であんまり関係なしでしたね」

「というより、使い魔が増えすぎてないかしら……？」

「まあ……」

ライとレト、そしてレトが呼んだオオカミが二十四体。

レトをテイムしたところからすでに三つ目のゲート移動をしていて、その移動のたびに階層の魔物をテイムし続けてきた結果……。

「百はいますよねぇ、これ」

「そんないるか」

「なんで遥人が把握できてないのよ……」

美衣奈が呆れる。

オオカミの次の階層まではなんとなく説明ができる生き物で、テイムしたのは多分ヒョウに近いネコ科の魔物。

そこからはリザードマンやワーウルフみたいな、二足歩行型の魔物が増えていた。

どれも最初に出会ったころのライと比べればとんでもない力を感じたが、今はライのほうが能力が高い。

不思議なことにテイムした魔物たちが受ける恩恵は一定ではなかったのだ。

俺が名前を付けたライとレトはほかの魔物よりも恩恵が大きく、姿ももう一回りほど大きくなっていた。

そして美衣奈も、受けている恩恵が最も大きく、ここに落とされたときとは比べ物にならない魔力を有している。

「どうも遥人くんに親しい存在ほど恩恵が大きくなるようですね」

「なるほどな」

さすがに美衣奈は人間だしちょっと特別だ。ライとレトも、最初にテイムして名前まで付けた相手だ。あとは正直もう名前を付ける余裕すらないままに駆け抜けてきたからな……。

あそこから数えて四つ目の階層ということになる。

「終わりも見えてきたか？」

「ここだけちょっと空気が異質ですし、最終層でもおかしくないですね」

テイムした魔物たちも少し緊張した様子を見せていた。

「遥人くんもどんどん人間離れしてきましたたし、そろそろゴールしておきたいところですね」

「おい……」

「私もかれんに同意ね……遥人、今何ができるのよ」

「いや……あのサーモカメラみたいな能力がちょっと強化されたくらいで……あとはちょっと身体能力が上がったり、使えなかった魔法が使えるようになってるけど」

「さらっと言ってますが、知ってますか？　ボクたちは勇者と呼ばれていてそれでなくても強かったのに、その中でも最強と言われていたのが難波さんと美衣奈さんのスキルです。その二つを、遥人くんは使いこなしてるんですよ？」

「あー……」

「そもそもこの魔物たち、一匹でももうクラスの人間じゃ相手できないんじゃないかしら」

「いや……あっちもあっちで強くなってたり……」

「ここまで急激に強くなる方法を持ってるのは多分遥人くんだけでしょうね」

改めて言われると結構とんでもないというか、ダンジョンに落ちたことで逆に良かった部分があるかもしれないな。

「にしても、この階層はなんかちょっと異質だな」

「ここまでは洞窟という感じでしたし、この子たちの案内がなければ迷路でしたが……一本道ですもんね」

「ああ……しかも向こうにだだっ広い空間が見えてるけど……」

フィリアのダンジョンの説明を思い出す。

ダンジョンには節目節目にボスと呼ばれる強力な魔物が出現するという。

最下層にたどり着く前には、必ずこのボスとぶつかる。

「ボスの間……だよな」

「そうでしょうね」

「良かったわね、あっさり来られて」

「攻略って言った時点で覚悟したつもりだったけど、いざ前にすると大丈夫か不安になるな」

階層に潜るたびに強くなってきたし、これまではある意味では安全策を取り続けられたわけだ。

それがここに来て、何が起こるかわからなくなった。

それまでほとんど感じることがなくなっていた恐怖心が湧き起こる。

「ダンジョンボスは単体で強力……正直この子たちと行ったら、誰か犠牲になりますよね」

「グルゥ！」

かれんの意見を否定するようにライが吠える。

「ライは一緒にいてくれないと困るにしても、この数で守ることまで意識するくらいなら、少数で行ったほうがいいだろうな」

「私は行くわよ」

　美衣奈が前に出る。

「ボクは足手まといでしょうし、この子たちと一緒に後ろにいますから」

「ああ、かれんはそうしててくれ。ただ……」

「もう準備しています。ほら」

　かれんの【調合】も、実はここに来るまでにレベルアップしている。

　実際には調合のスキルがレベルアップしたのではなく、変わったのはその素材だ。

　ダンジョンにはここでしか見られないような希少な植物も存在している。地下で光が届かないのにどうしてとも思うが、ところどころ明かりがあったのだ。

　植物だけではない。動物の骨、湧き水に含まれる成分、周囲の鉱物……さらに産出した魔道具など。かれんの調合の助けになるものがいくつも手に入り、そのたびかれんは新たな調合薬の実験を行ってきた。

　オオカミたちをはじめ使い魔たちの協力もあって、ただの耐久アップではなく、全体的な能力向上のための、いわばドーピングアイテムをいくつも生み出していた。

「遥人くんは体力向上、耐久力向上、精神安定、筋力向上……美衣奈さんは魔力上昇を中心に配合しています。飲みやすさは無視しましたが」

「ありがとう」

「ありがと」

確かにおいしくはないが、飲んだ瞬間に効果を感じられるのはさすがだった。

「落ちてきたときは効くかわからない耐久アップくらいだったのに、すごい進歩だな」

「この子たちのおかげですね」

周囲の使い魔たちを撫でながらかれんが言う。

もうすっかり俺より仲が良さそうだった。

「じゃあ、ちょっと行ってくるか」

「ええ」

戦うのはテイムの恩恵を大きく受けている俺と美衣奈、そしてライとレトだ。

「最初はお互いこいつらに乗って様子を見よう」

「ええ」

俺がライに、美衣奈がレトに乗って、一本道の先、ボスが現れるであろう大広間に向けて走り出す。

「中に入ったら出てくるんだったかしら」

「そうだったはずだ」

「ボス戦は始まったら階層を脱出するまで追いかけられる」

「ああ。一本道しかないから、できるだけそれは避けたいけどな」

「そうね……入るわ」

「ああ！」

大広間に足を踏み入れた瞬間、周囲の景色が一変した。

「グルァ！」

「ライ、落ち着け。大丈夫だから」

こちらに向かってきたときに見えていたのはただの無骨な何もない空間だった。

だというのに、入った途端、断崖絶壁の山の上に景色が変わったのだ。

「これ、落ちたらだめなのかしら」

「どういう原理かわからないけどできれば落ちたくはないな……で、あれがボスか」

現れたのは……。

「ドラゴン⁉」

美衣奈が叫んだ通り、そこには銀色のドラゴンが飛んでいた。

断崖絶壁の山岳地帯には暗雲が立ち込めている。

ダンジョンの中にどういう原理でこんな状況を作り出したかはわからないが、とにかくあのドラゴンを倒さないといけないことは感じ取れた。

「来るぞ！」

「グギャァァアアアアアアア！」

激しい咆哮とともに、ドラゴンが突進してくる。

なんの変哲もない突進でも、これまでの魔物とは全く脅威の度合いが異なる。

トラック……いや、家一軒ほどの巨体が、足場の悪い俺たちに向かって猛然と飛来してくるのだ。

ライとレトがいなければこれを避けることすら困難だっただろう。

「ぐっ⁉」

「大丈夫か？」

レトにしがみ付いてなんとか攻撃をかわした美衣奈だが、攻撃をかわすだけでぎりぎりだ。

俺に至ってはもっとひどい。ギリギリのところでライに引っかかった状態で攻撃を避けて、なんとかドラゴンに向けて手をかざすのが精一杯だった。

「【テイム】！」

まずはこれを試すが……。

「だめだ！　美衣奈、頼む！」

「ええ！」

美衣奈の腕から炎が生み出され、そのままドラゴンに向けて放たれた。

次の突進に向けて体勢を整えていたドラゴンは……。

「グギャァァアアアア」

声を聞く限り効いてそうで安心する。テイムは効かなかったが戦えない相手ではないということだ。

ただこのままでは美衣奈に任せきりになってしまう。

「ライ、俺はなんとかするから援護を！　無理はするなよ！」

「グルゥ……」

心配そうに俺のほうを見つめてきたライをもう一度目で促して行かせた。

「遥人⁈！　どうするつもりなの！」

「悪い美衣奈。時間を稼いでほしい」

「……わかったわ」

何も聞かずに美衣奈はドラゴンに向かってくれた。

テイムの恩恵で身体能力なり魔力なりが上がっていた俺だが、少しやり取りをしただけでもこの場についていけていないことがよくわかった。

だったら俺にできることはこれだけだ。

「【テイム】！」

勝算がないわけではない。

一回目、全く効かなかったかといえばそうでもないのだ。

王宮でテイマーに関する書物は読み込んでいる。これまでが簡単すぎただけで、本来のテイムは出会い頭に一発で決まるものではないのだ。

テイムは契約。

力量差で無理やり締結させることもできるが、相手の要求とこちらの要求がかみ合えば、力量差が逆転しているような状況でも契約は結べる。

ライとの契約は勇者として召喚された俺のテイムが強力だったために結べたもの。

レトとの契約は美衣奈という強力な仲間がいたことで、相手の身の安全という要求を満たすことでテイムをした、これも言ってしまえば力業だ。

今回、あのドラゴンを相手にテイムをするなら力業には頼れない。もちろん美衣奈が一人でドラゴンを追い詰めるほどの活躍を見せれば話は変わるが、現実的には相手の要求を満たすほうがいい。

幸い相手の要求を知るという、スタートラインに立つために必要な力だけはあったらしい。

「グルゥアアアアアアアア」

ドラゴンの咆哮と、美衣奈の魔法の音が耳に入る中で、俺は必死にドラゴンに向けて【テイム】を放つ。

「ぐっ……」

テイムは契約の魔法。その入り口は交渉、対話だ。

ドラゴンの要求を探るためにテイムを使うと、脳が焼き切れそうなほど大量の何かがドラゴンから伝わってくる。

「遥人⁉」

「大丈夫、それより美衣奈のほうが――」

「私は問題ないわ！」

レトに乗りながら自在に魔法を操りドラゴンを翻弄する美衣奈。

本当に頼もしい。

流れ込んできた情報に意識を集中させる。
『ハルトと言ったか？』
『え、ああ……』
意識がふわふわとする中で、直接頭の中でコミュニケーションが成立する。
『ここに来た経緯は……ふむ……面白い力を持っているな』
一言一言の重みが脳に響くような……そのたびに魔力を、精神力を消費している
のは気のせいではないだろう。
かれんの調合薬がなかったら意識が飛んでいたかもしれない。
『良かろう。こちらの要求は、我の封印を解くこと……できるか？』
「ぐっ⁉」
「遥人⁉」
思わず意識を手放しかける。
ふらついた俺を見て美衣奈が声を出すが、ドラゴンのほうは俺とのやり取りと並
行して美衣奈とも空中戦を繰り広げている。
ライの攻撃をあしらい、レトに乗った美衣奈の魔法をブレスで相殺する。
「封印って……これでか……？」

見てる限り全く何も不自由なさそうな圧倒的な能力。

今俺と美衣奈が生きているのは、相手のきまぐれによるものであると身体が感じている。

「美衣奈！　戦いを終えていい！　向こうはもう戦う気はなさそうだ」

「えっ……わ、わかった」

美衣奈がレトに指示をして静止すると、ドラゴンのほうも動きを止める。

それと同時に、ドラゴンが、そして山岳の景色がスゥーッと消えて行って……。

「扉……？」

『この先でお前を待つ』

「ぐっ……」

「大丈夫なの⁉」

「ああ……ごめん。ちょっと相手が強すぎる……」

「何をしてるのかすら私はわからないけど、この先、行っていいのね？」

「ああ」

ドラゴンから、言葉はなくともいろいろなものを流し込まれた。

実際に会って、もう一度情報を整理しよう。

第六章　ダンジョン最下層

「これがダンジョンの最下層……？　何もない部屋ね」

美衣奈（みいな）の言う通り、扉は本当に何もない部屋だった。

いや、何もない部屋に、一つだけ異質な存在がいた。

「あれって、ドラゴンじゃないですか」

かれんがびくっと驚いて俺にしがみ付いて、すぐに近くのライに抱きつきなおした。

ライとレトだけじゃなく、周囲には何体もの強大な使い魔たちがいる。

だがそれらがどれも小さく見えるほど、部屋の主は大きな大きな存在感を放っていた。

「これが本体か……？」

何もない部屋。

ドラゴンがただ座っているだけの部屋だが、実体は先ほどまで戦っていた幻影よりも大きかった。

「どういうことなの？　さっき私が戦ってたのは……」

「景色を含めてこのドラゴンが作ってたみたいだな」

「ドラゴンってそんなことまでできるわけ……？」

「いや……」

ドラゴンにも種類がいるが、この世界でもほとんどはトカゲの延長でしかなかったはずだ。

こんなことができるのは、歴史上に名を残すようなものだけ。

「聖竜メフィリス……で合ってるのか？」

俺の言葉に目だけを動かして反応したドラゴン——メフィリスが、ゆっくりと身体を起こす。

たったそれだけで部屋が揺れる。

立ち上がった姿はもはや、その全貌が把握できないほどの巨大なものだった。

「うむ……」

「きゃっ」

　メフィリスが声を発すると、ビリビリと周囲の空気が揺れた。

「結論から言おう。封印は今すぐ解けるかわからない。だけど、試す価値がある提案がある」

「知っている」

「どういうことなの？　遥人」

「ああ……聖竜の話は、フィリアが言ってたから聞いてるよな？」

「ええ……災厄を防いだ英雄って……それがどうしてこんなところに」

「それは……どうも歴代の勇者たちが問題らしい」

「え……？」

　メフィリスから伝わってきた情報を美衣奈とかれんに伝える。

「端的に言うなら、召喚された勇者は毎回毎回ちゃんと災厄と向き合えているわけではないみたいでな。適当にそれっぽい相手をでっちあげたり、間違って討伐やら封印したりということも結構あったんだとか」

「じゃあこのドラゴンもその被害者ということでしょうか……」

「メフィリスの言葉を信じるならそうなる。そもそも王国が勇者召喚をする回数のほうが、災厄が訪れる回数の倍以上、ここ千年で実際に災厄と呼ばれている事件は、三つだけらしい」

「え……それって……」

そう。

「王国の説明は嘘……俺たちが帰る方法は少なくとも、災厄を倒すことではない」

つまり帰る手段が現状、見当たらないということだ。

「一気に目的がなくなりましたねぇ」

「割と気楽そうだな」

「まあボクはそこまで帰ることにこだわりはありませんでしたし、遥人くんも同じでは？」

「まあ……」

確かにかれんの言う通りではある。

「私も別に、今すぐ帰る帰らないの話をする必要はないと思う」

「美衣奈もか」

「遥人は違うの？」

「いや、俺も別に……帰りたくなったらそのときに考えればいいくらいだったからな」

　もともとこんなわけのわからないことになっているんだ。こうなることも十分考えられたから、心の準備がもう整っていたとも言える。

「で、じゃあボクたちはこれからどうするんですか？」

「そうだな……まず俺たちは王国の戦力、クラスメイトを含めた戦力より高い状態じゃないといけない」

「このドラゴン——メフィリスのことを考えるとなおさら、王国は敵と考えておいたほうがいいでしょうねぇ」

「だとすると、当面の目標は強くなること、なのかしら？」

「向こうと同じですねえ、それは」

　強くなるという意味ではクラスメイトと一緒にいたときと変わらないのは確かだな。

「このダンジョンだけでもずいぶん差がついた気がするけれど」

「経験値を稼ぐ、みたいな世界ではなさそうでしたから、遥人くんに追いつくのは相当難しいでしょうね」

「だといいんだけどな」

なんにせよ、今できることは……。

「メフィリス、いいか？」

「良い」

メフィリスのテイム。

今はまだ対話が終わっただけ。テイムはこれからだ。

「え、遥人、さっきやってたときであんなに辛そうだったのに……本体を相手にして大丈夫なわけ？」

「そうなんだけどまぁ……やってみるよ」

手をかざす。

深呼吸をする。

幻影であれだけ消耗したのだ。メフィリスが受け入れる気があったとしても、俺が耐えられるかわからない。

「【テイム】！」

「遥人くん……⁉」

意識が遠のく。

メフィリスの思考が流れ込んできて………。

◇

「ん……」

「遥人！　遥人⁉」

「あれ……これは……」

ずいぶん長く寝ていた気がする。

周囲の景色を見渡して、メフィリスの巨体が目に入って、ようやく意識が戻ってきた。

「良かったです。これ、気付け薬ですので飲んでおいてください」

「あ、ああ……」

身体を起こしてかれんから調合薬を受け取る。

「うぇ……」

「効能重視ですので味は無視です。一気にいってください」

「……」

仕方なく一気に飲み干す。

確かに効能は抜群だった。一気に頭が冴えてくる。

「ああ、そうか。メフィリスに意識を持って行かれてたんだな」

「思い出しましたか？　というより、もう大丈夫なんですよね？」

「ああ……」

美衣奈は隣からメフィリスを睨んでいるが、別にメフィリスが悪いわけじゃない。

「俺の力じゃキャパを越えてたらしい……でも、受け入れてはもらえた」

「……みたいね」

美衣奈が驚いた顔をしているが、俺も同じ顔をしているだろう。

「これは……すごいな」

「ボクからでもわかるくらいですね……」

メフィリスがテイムを受け入れた効果が、俺たちへの能力強化という形で反映された。

全身からいまだかつてない力が溢れてくるのを感じる……。

「これならあの王子でも問題ないかもしれないわね」

「美衣奈はそうかもしれないな……」

実際美衣奈から感じ取れる魔力量はもう、あの宮廷で会った誰よりも大きなものになっている。

「この子たちも大きくなった気がしますし……」

「確かに……」

そばにいたライはもはやサイズが変わって別種にすら見える。実際連れてきた魔物たちの中で姿ごと変わったのもいるようだ。

これが聖竜メフィリスの力。それも、その一端でしかない。

「とんでもないものをテイムしたな……」

「でも遥人くん。まだ動けないみたいですけど」

「ああ……俺たちは封印の専門じゃないから、この封印を解くには力ずくで破壊できるくらいメフィリスの力を戻す必要がある……んだけど、俺のテイムでの強化じゃ足りなかったらしい」

「これで足りないんですか……」

かれんがメフィリスを見ながら言う。

俺たち同様、メフィリスにもテイムの恩恵は届いている。その効果は俺たちからでも十分感じ取れるものだ。

もともと圧倒的だったその力が、より一層強くなっているのに、それでも封印を破るには至っていない。

「腐っても勇者の封印……ってことかしら」

「みたいだな」

さて、そろそろメフィリスと向き合うか。

「テイムの恩恵じゃ足りなかったみたいだ。すまない」

「良い。十分だ……それにまだ可能性はある」

「可能性……？」

「お主が強くなれば力が強まる仕組みであろう？　ならば強くなれば良い」

メフィリスが思ったより前向きで良かった。

テイムの条件はメフィリスの封印解除に向けた手伝いだ。可能性がないと判断されれば契約解除もあり得たからな。

「強くなるのはこちらの望みでもあるんだけど……このダンジョンよりいい場所があるか？」

王家の墓。

王家をもってして未踏破だったこのダンジョンはおそらくレベルは高かったものと想像できる。

思考を読まれたように、メフィリスがこう言った。

「ここを出て、楽園のダンジョンへ向かうと良い」

「楽園……？」

「ダンジョンには攻略の難易度がある。知っておろう？」

「フィリアに聞いたな……」

「十段階で決められているんでしたよね。このダンジョンは難度七、だったでしょうか。七以上のダンジョンでクリアされた者はないとか」

かれんはよく覚えてるな。

ちょっと曖昧になってた。

「その基準でいえば、我と戦わずに済んだこのダンジョンは六程度であろう」

「六か」

ぎりぎりクリアができる範囲ってことだな。

「で、じゃあ楽園のダンジョンも六くらいってことか？」

「楽園……完全に攻略できたとするなら、あのダンジョンの難度は九だ」

「九⁉」

七でもクリアがいないのに……？

「完全に、と言ったのには理由がある。あの最奥に眠るボスは悪鬼。前回の災厄であり、二百年前に封印された魔物だ」

「災厄！」

「災厄の基準はわかるか？」

「ああ……」

大陸が――つまりこの世界が存亡の危機に陥るほどの相手ということ。

その災厄を倒すために呼ばれたとはいえ、実際に過去、本物の災厄が討伐された事例はない。

封じ込める、弱体化させるなどで手一杯。

倒せたとしても、一度目覚めれば国がいくつも滅ぶという。

「あやつは本物。まして封印されたものの力は弱まっておらん」

「そうなのか」

「悪鬼を封じ、その力を徐々に弱まらせる仕掛けが楽園にはあったが……あやつはそれを逆に悪用し、今自分の封印を解くための仕掛けに変えている」

「そんなことができるのか？」

「仕掛けは単純なものだった。悪鬼の周囲に魔物が集まる。ただそれだけのものだ。

力を封じられた悪鬼であれば、周囲に魔物が集まれば餌である魔力の取り合いに敗れるだろうと」

「あー……」

なんとなく結末が見えるな。

「悪鬼には周囲の魔物たちから力を奪い取る能力があった」

「なるほど」

「それじゃあ悪鬼はどんどん強くなるってことですよね……？」

「そうだ。魔物を集めるために仕掛けた魔道具を回収する必要がある」

「どのくらい猶予があるんだ……？」

「わからぬ。強力な魔物に誘われ強力な魔物が現れれば、悪鬼も力を増すペースが速まる」

「早いに越したことはないってことか……」

メフィリスが俺の言葉に静かにうなずいた。

「そして同時に、周囲の魔物たちを悪鬼より先に回収する必要がある。すでに集まっておる魔物たちだけでもそれなりにやるのだ。このまま放置はできぬ。悪鬼から力を遠ざけ、お主の力にするいい舞台というわけだ」

「悪鬼以外の魔物もそれなりってことだな……？」

「我のいないこのダンジョンが六。悪鬼のいない楽園の難度が、八だ」

美衣奈とかれんが息をのむ。

「安心せよ。我と戦っていればこのダンジョンの難度も八。全盛期ともなれば……十だった」

「安心できる要素がない……」

なぜか上機嫌なメフィリスを置いて、俺たちは次の目的地を目指すことになった。

魔物たちも引き連れて、メフィリスが示したダンジョンの出口をくぐったのだった。

第七章　広がる差

「おーいおいおい、ちょっと雑魚(ざこ)すぎんじゃねえのかぁ？」

「あまり前に出すぎるなよ、洋平(ようへい)」

「何言ってんだ。こんな雑魚しかいねえダンジョンじゃ何も起きねえだろ」

難波(なんば)をはじめとしたクラスメイトたちも、遥人(はると)たち同様ダンジョンで修行を行っていた。

難波はまだクラスで浮いたままではあるが、それでも態度が元の堂々としたものに戻っている。

秋元(あきもと)が難波の立ち位置を改善するにあたって行ったことはシンプルだった。強さこそすべての世界なら、難波はこのクラスで最強。

だから全員がそう感じるように仕向けた。

単純な難波はすぐに調子を取り戻し、今に至る。

だが秋元からすれば、この調整を含めて難波は頭を悩ませる種であり続けていた。

「確かに攻略難度三。しかも完全にマッピングされたダンジョンではあるが……」

こうなった原因はまさに難波にあるのだが、難波自身がそれをろくに理解していない。

王家の墓で難波が起こした事件を受けて、彼らが行くダンジョンは王国が完全なマッピングをしたものに限定されたのだ。

それに……。

「ちょっと休まないと、全員付いてこれないって」

日野（ひの）が少し息を切らせながら難波に言う。

クラスメイトの中でも高い能力を持つ日野でこれなのだ。戦闘向きではないクラスメイトたちはついて行くだけでもなかなかな負担になっている。

「ああ？　雑魚を待っててもしょうがねえだろ。いつまでも帰れねえぞ」

「それは……」

クラスメイトたちからすればこの世界での生活はすでに楽しみより苦痛のほうが大きくなっている。

異世界に転移した当初のワクワク感はもう薄れ、学校生活と変わらないサイクルを強いられ、元の世界と違い娯楽もろくに存在しない。

転移した者たちは勇者と呼ばれるだけの力はあるが、それでも三十人近くの周囲の人間と比較するだけの生活を送っていると、一部の上位陣以外には生きづらい環境になってしまっているわけだ。

「勇者ヨウヘイ、今日はこのくらいにしておきましょう。明日からはレベルに応じてダンジョンの行き先を変えることになりました。貴方は勇者様たちの中でも最高の力を持っていますから、徐々に難度を上げていけるかと」

引率役になっているフィリアが難波に声をかける。

難波も内容に興味を持って振り返った。

「ほお？　やっとかよ。最初に行ったあそこでいいじゃねえか？　まだ下があんだろ？」

「王家の墓ですか⁉　あれは難度七に……というより、難度七というのは人類が踏破していないダンジョンの総称。実際にはどこまで危険かもわかっていないほどですから……」

「別に俺なら大丈夫だろうが」

「そうかもしれません。ですが明日向かっていただくダンジョンは難度五。それも未踏破です」

フィリアの言葉に秋元が反応する。

「未踏破⁉」

「ええ。そろそろ対外的にも勇者の存在をアピールしていきます。その足掛かりとして、未踏破だったダンジョンのクリアを喧伝したいのです。難度五ともなれば大陸中にその名が轟きます」

「ほお？　いいじゃねえか。なあ翔！」

「いや……大丈夫なのか。未踏破のダンジョンに……」

「もちろん向かうメンバーは選抜された勇者様と、我々王国が最大限のバックアップを。宮廷魔法使いや親衛隊を含めた総力戦です」

「なるほどなぁ？　いいじゃねえか。楽しくなってきた！」

難波が大剣を振り回して近くにあった岩を破壊しながら叫ぶ。

「雑魚に足引っ張られんのはもうこりごりだったからな！」

「フィリア。ダンジョンのクリアってなると何日もかかるんじゃないのか？」

「そうですね。ですが今度行くダンジョンは五階層でボスと言われていますから、三日ほど見ておけばなんとかなるかと」

「なるほど……ちなみに王の墓場、もしクリアまで到達するとしたら、どのくらいかかるんだ？」

「え……」

秋元の真意がわからずフィリアが困惑する。

「もしもの話だ。もしも、あいつらがダンジョンを踏破して出てきたら、どうすると思う……？」

「それは……もしそうなったとしたら、すぐにこちらに戻ってきてくれるのではないでしょうか？　可能性があるというのなら今すぐにでも捜索に……！」

「いや、ほとんどない可能性の話だ。忘れてくれ」

「ええと……わかりました」

秋元が確認したかったのはフィリアがどこまで関わっているか。

ローグスの真意を聞いている秋元はどこまで味方でどこまで敵かの確認を行っていたのだ。

もちろん生きているなどとは思っていない。

もし仮に生きていたとしても……。

「今の俺たちの相手にはならないだろうな」

異世界生活からもうしばらく経ち、秋元は自分の力をようやくものにできた段階だ。

難波のようなシンプルな能力ではない【未来視】は、熟練度を高めてこそ意味があるもの。

レベルアップという概念がない世界でも、秋元の能力だけは如実に日を追うごとに強くなれるものだった。

今の自分ならもう、難度五は通過点でしかない。

仮に前人未到の難度七を超えるダンジョンに挑んだとしてもなんとかなるという全能感が彼の中にあった。

「ダンジョン楽園……最寄りの町って話だったけど、盛況だな」

「王都の様子もろくに見ていませんでしたが、これは結構活気があって楽しいですねぇ」

王都から北西にずれた町、カスク。

すぐそばに楽園のダンジョンが存在するということで、冒険者たちがよく訪れる商業都市になっているようだった。

美衣奈（みいな）が町を見渡しながらつぶやく。

「ダンジョンって、危険だから近寄らないものだと思ってたけれど……」

「一攫千金を狙うやつは絶えないだろうし、何より楽園のダンジョンが特殊なんだろうな」

「実践経験を積むのにここよりいい場所はないですからねぇ。私たちが最初に来なかった理由も、人が多すぎるからだったでしょうし」

最奥の悪鬼。その中心に近づけば近づくほど出現する魔物のランクが上がっていくのがこの楽園のダンジョンの特徴だ。

そしてほかのダンジョンと異なり、このダンジョンは一階層しか存在しないとされている。

未踏破ダンジョンのクリアを夢見る者にとっても、ここはいい場所というわけだ。

一階層しかないというのはほかのダンジョンに比べれば一見夢を見やすいから。

「まあ確かにダンジョンクリアの報酬を考えると、狙いたくなる気持ちもわからないではないな」

「すごかったですもんね……」

王家の墓。

メフィリスに従って進んだ先は出口だけでなくクリア報酬を与える宝物庫でもあった。

使い切れる気がしない金銀財宝や、王宮でも目にすることのなかった高性能な装備がいくつもあった。

好きなだけ持っていけと言われたが装備できそうな使い魔には渡して、俺たちも自分の装備を一新して軍資金を手に入れて、それでもあの場所にはまだまだ財宝が残っている。

「これだけあれば素材も集め放題ですねぇ」

「金の使い道もろくにないし、必要な分好きに使ってくれていいからな」

「本当ですかっ⁉　じゃあ薬屋巡りもしたいですねぇ」

かれんが上機嫌に言う。

買い物巡りができるくらいこのカスクの町は平和で活気があるように見えた。

「ライとかレトは大丈夫なの？」

「ああ、今は森に潜んでもらってるけど、全然問題なさそうだぞ」

数も多いし、何より町でどんな反応をされるかわからなかったからな。

安否はなんとなく伝わってくる。これがテイマーとしての力の一つなんだろう。

さらにライたちには頼み事もしておいた。

テイムは使役対象が増えるだけ俺の力が増し、それが巡り巡って使い魔たちの力にもなる。

ということで、今回楽園のダンジョンに来た理由は集まった魔物たちをテイムしていくことにあるんだが、ダンジョンに集まっていない森の魔物たちでもテイムできそうな魔物がいれば探しておいてくれと頼んだわけだ。

これで明日、ダンジョンに入る前に少し力を上げてからいける。

「明日が楽しみね」

「ああ。装備も一新できたし、なんだかんだで楽しんでるな……」

こんなことになったのだからもう少しいろいろ考え込むかと思ったが、割とこの世界を楽しみ始めている自分がいた。

「遥人のおかげでどんどん新しい魔法を覚えていけるし、私も楽しいから」

「そうですねぇ。私の調合の幅は広がってますし……それにこの装備！　王国に支給されていた装備だって悪いものじゃなかったと思うんですが、これはもう別格ですね」

ローブを身にまとったかれんが上機嫌に言う。

調合のための魔力消費量が格段に下がって、できることも増えたとか言っていたな。

「あのままの恰好で外を出歩くことを考えたら、見た目を変えられたのも良かったんじゃないかしら」

同じくローブを身にまとった美衣奈が言う。

「確かにな」

俺も近接戦闘を行うわけではないからローブのような恰好になっている。もともとの戦士崩れのような恰好を考えるとかなり立派になっただろう。

「さてと、宿を取って俺たちも冒険者として活動すればいいかな？」

「冒険者。定番ですがワクワクしますねぇ」

「名前とかを考えないといけないんじゃないの？　王国が敵だとしたら」

「まあその辺も、宿で決めようか。幸い選べるくらいにはたくさんありそうだし」

そう言いながら町を見渡していると……。

「おやー？　お兄さんたち、もしかして宿探しですか？」

「えっと……」

「遥人くん。キャッチは無視です」

「いやいや……」

確かに元の世界じゃあれだったけど、こっちでまでそうとは限らないだろう。

少なくとも目の前に現れた少女に悪意は感じない。

「名前は？」

「小遊亭（しょうゆうてい）のリサだよ。お兄さんは？」

「遥人だ」

「ハルトね！　で、どうかな？　うち料理がおいしいって評判だけど！」

「料理か……」

その単語を聞いて後ろからかわいらしくグゥという音が聞こえてきた。

聞こえなかったことにしてリサに返事をする。

「三人、しばらく泊まるかもしれないけどいけるか？」

「わーい！　お兄さんかっこいいから、サービスしてもらうようにママに言っておくね！」

た。

「サービス⁉」

「料理のだろ。ほら、行くぞ」

「え、ええ……」

いろいろな理由で顔を赤くした美衣奈と、微笑むかれんと一緒に小遊亭に向かった。

◇

「いらっしゃい！　ああリサ！　いい男捕まえてきたじゃないか」

「宿泊客だよー！　あ、でもお腹すいてるみたいだから……」

「荷物だけ置いてきな！　すぐ作ってあげるよ！」

酒場のような、というか酒場でもあるんだろう食事処が併設された宿になっているようだ。

「ハルト、こっち！」

「ああ……」

リサの誘導に従って上に上がっていく。

「ここね！」

「ここ……」

バンッと扉を開いてリサが招き入れてくる。

「ここか。いい部屋だな」

「えへへ。この部屋しか空いてないんだけどね」

「あれ？　じゃあ俺の部屋は……？」

「え？　お兄さんたち同じパーティーなのに二部屋も使うつもりだったの⁉」

「そういうもんじゃないのか？」

「そんな贅沢できる冒険者いなかったよ！　えっと……お部屋足りないから……お兄さんだけ私の部屋で……」

リサが困って目を回しながらもなんとかしようと提案してくれる。

とはいえどうしたものかと二人を見ると……。

「いいじゃない。別に同じ部屋でも」

「まあ、もうダンジョンでも一緒に休んでいましたし」

「それは……」

「私たちよりそっちの子が良いって言うならそうしてもいいけど」

「そういうわけじゃないけど……」

「なら決まり。さっさと入って」

「あ、ああ……」

美衣奈に背中を押されて部屋に押し込まれる。

リサはというと……。

「ごめんねえ！　ママにちゃんとたくさんサービスしてもらうように言うから！」

それだけ言ってバタバタと階段を駆け下りていった。

「……俺たちもとりあえず、飯にするか？」

「そうね」

「そうしましょう！」

部屋にいてもどこに座ればいいかすらわからなかったので、とりあえず問題を先延ばしにする意味でも下に向かうことにしたのだった。

「あいよー！　お待ちどうさん！」

下に到着するとメニューを聞かれることもなくいきなり料理が運ばれてきた。

「おお……」

「どうだい。この辺は水辺も近いし森も近い。そしていろんなとこからお客さんがくるからね。王国で一番うまいもんが食えるよ！」

豪快に笑うリサの母親。

見たところ……具沢山のパスタに見える。基本的には魚介だろう。

とにかくおいしそうで……。

「リサに散々言われたからね。あたしはリサの母のビリアさ。いくらでもおかわりしていいからね！」

給仕をしていたリサがごめんねと口パクで訴えかけてきていた。

「冷めないうちに食べな！」

「ああ、いただきます」

「いただきますー」

「いただきます……」

ここに来るまでに食べていたのは王国支給の非常食だけ。クッキーみたいなぱさぱさしたものと水で食いつないできた俺たちにとってはごちそうだ。

「んー！　おいしいですね！　城で出されてた食事よりいいんじゃないですか……？」

「これ……イカ……？　こっちにもあるのかしら？」

そんなことを言いながらも手が止まらない俺たちを見て、笑いながらおかわりを持ってきてくれる。

「こんなに食べてくれると嬉しいねえ」

「おいしいからな。宿が満員になるのも納得だ」

「あはは。嬉しいねえ。今度は王都のほうから勇者様たちもやってくるって言うし、この町が盛り上がってくれるとありがたいねえ」

「勇者⁉」

「おや、あんたたちも勇者に興味ありかい？　でも勇者様たちと話すのはちょっと大変だろうねえ。町中大騒ぎで迎え入れるだろうから」

「そんな人気なのか」

「そりゃそうさ！　世界が滅ぶ危機を救ってくれる人たちなんだからねえ。なんてったってもう未踏破だった影のダンジョンを攻略しちゃったんだって言うんだよ！　いやぁすごいねえ」

「影のダンジョン……」

「ここからは王都を挟むからちょっと遠いけどねえ。うちに来る冒険者のお客さんにも挑戦したのがいたみたいだけど、未踏破ダンジョンなんて行くもんじゃないってボロボロになった話を聞かされたっけねえ。やっぱ勇者様はすごいよ」

上機嫌にリサの母、ビリアが言う。

「それに一緒に王家の方々もいらっしゃるらしいじゃないか！　まああたしには遠すぎて関係ないとはいえ、そのおかげで店が儲かるから感謝するしかないねえ」

ご機嫌な様子のまま空いた食器を下げていく。

それを見送って二人と目を見合わせた。

「思ったよりも好意的なんですねえ」

「そうね。いやそれより……」

「ああ……」

勇者が……あいつらがこの町に来る。

「どうします？　一度離れますか？」

「いや、あれだけ言われてたなら来るころにはもっと話題になるはずだから、ぎりぎりまではここでやることをやっていきたい」

「そうね」

メフィリスの封印を解くために強くなるというだけならほかの場所でも良かったが、ここは悪鬼の封印場所でもある。

しかも町の人間を含め、周囲の人間がそう認識していないこともわかっているのだ。

俺たちがなんとかしたほうがいいだろう。

「クラスメイトが同じ目的なら任せてもいいけどな」

「できますかね？　楽園のダンジョンは攻略難度九でしたよね……」

「悪鬼とことを構えるなら、だろう」

「それでも、難度八と言ってましたよね。ボクは相変わらず戦えませんけど、二人の強さはもう彼らと離れたときとは比べ物になりませんし……」

「むしろ中途半端に悪鬼を刺激しないことを祈るわね」

「あー……」

前科があるからな。難波には。

どうあれ俺たちのやることは変わらないだろう。

「明日、起きたらすぐに向かうぞ」

「そうね」

「そうしましょう」

今はひとまず、久しぶりのまともな食事を楽しむとしよう。

◇

「で……」

部屋に戻って、三人での会議が始まった。

先ほどまでの真面目なものではなく、いやこれもある意味大真面目なんだが……。

「どのベッドをどう使うか、ですね」

「俺はその辺で寝るから二人が――」

「だめよ」

「だめです」

問題になったのはこれだ。

部屋にあったベッドは二つ。

長椅子もあるので俺はそこで寝ようとしたんだが、二人に却下される。

「このパーティーは遥人くんがいなくなったら終わりなんですよ？　遥人くんが一番しっかり休息を取ってもらわないと」

「そうね。だから遥人はベッドで寝るのは確定」

妙に息が合う二人に押される。

「……そうなると二人でこのベッドじゃ、狭くないか？」

「ボクは別にあっちでいいですよ。戦闘時は休んでるんですから」

「いやいや」

かれんがベッドを譲るが、そういうわけにもいかないだろう。

「私が向こうで寝るから……」

「それも駄目だろう」

八方ふさがりだった。

このベッド、二人で寝るにはかなり身体を密着させることになるからな……。

二人は学校でも接点がなかったわけで、そこまでの仲ではないからか抵抗がありそうだ。

そしてもちろん、俺が二人とくっつくわけにもいかない。

「やっぱりリサに頼んで俺だけあっちに――」

「だめよ」

「だめです」

俺の提案は再びあっさり却下された。

「リサと寝るくらいなら……私と一緒に寝ればいいじゃない」

「ええ……」

「私は使い魔なんだし、別にいいでしょ？」

「いやいいわけないだろ……」

テイムのせいでいよいよおかしくなったのかと思ったが、美衣奈も顔が真っ赤で必死なので何か自分でもよくわからない暴走をしているんだろう。

なんとかしてくれとかれんに視線をやると……。

「んー、ボクのほうが小柄ですし、遥人くんがどうしてもというならやぶさかではありませんが……」

「頼むから止めてくれ……」

ツッコミが不在で困る……。

「とにかく、全員がベッドで寝る必要があるんだから、仕方ない、でしょ？」

「そうですね。仕方ないです。遥人くん、どちらか選んでください」

二人の勢いは止まらないが……。

「こうしよう。ベッドを二つくっつければ三人の場所ができるだろ？」

我ながらいいアイデアだと思ったんだ。

このときは……。


「えっと、寝れるか？　これ」

「う、うるさい！　寝れるわよ！」

「ちょっと緊張しますが……ボクの心音うるさくないですか？」

二人で狭いベッドを二つくっつけたところで、三人で寝れば距離が近くなるのは当然だった。

ただほかに代案もなく、なし崩し的にベッドに三人転がることになる。

いざ転がってようやく、このアイデアも駄目だったことに気づいたのだ。

「遥人、ちょっとそっちに行きすぎよ。かれんが困るでしょ」

「いや……」

「まあまあボクのほうが小さいですから……多少はこっちに来てもいいですよ」

「だめよ。遥人、わかってるわね？」

「ええ……」

どうすればいいんだ……。

そもそもじゃんけんの結果真ん中になったのも居たたまれない理由の一つ。

そうでなければまだ、ぎりぎりまで端に寄ればなんとかなったかもしれないけど……。

結局しばらくの間、眠れない夜を悶々と過ごす羽目になるのだった。

「大丈夫……ですか？」

「まあ……」

次の日。

起きてからずっとぎこちなかった俺たちもようやく顔を合わせられるようになってきていた。

「ちゃんと寝れたの？　遥人」

「気づいたら寝てたからな」

「ならいいわ」

実際にはとてもじゃないがちゃんとは眠れていないんだが、かれんの調合薬のおかげで元気に過ごせているという感じだった。

できればゆっくり休めるようにしたいので、こっそりリサに相談することにする。

とまぁ、そんなことを言い合いながらも、俺たちはカスクの町を外れた森の中までやってきていた。

「さて、まずはライたちを呼ぶか」

「そういえばどうやって合流するんですか？」

「ああ、心の中で呼びかけたらそんなに遠くない限り応えてくれるんだよ」

カスクの町からダンジョンへつながる道を少し外れて、ひと気のない森の中。

すでにライとレトに指示を出していたから、すぐにでも来ると思うんだけど……。

「え、なんか……すごい色々なものが近づいてくる気配を感じるんですけど……」

「大丈夫なの⁉　遥人」

「ああ、多分……」

近づいてくる気配に敵意は感じない。

そして……。

「ワフー！」

「レト！」

レトが勢いよく俺のところに飛び込んでくる。

加減してくれていても受け止めきれずによろける勢いだ。

少し遅れて、控えめにライが甘えてきたので抱きしめて撫でてやった。

「ずいぶん懐きましたねえ」

「今はそれどころじゃないでしょ……どうなってるのよこの魔物の数……」

レトとライに続いてやってきた魔物たちの大群をみて美衣奈が言う。

「あはは……まあ、もともとまあまあな数はいましたし」

「現実逃避してる場合じゃないでしょ。もともとの数もそうだけど、これ何体いるのよ⁉　百じゃ済まないわよ⁉」

美衣奈が言う通り、やってきていた魔物たちの数はちょっともう数えきれないほどのものだ。

植物ベースの魔物と、レトやライのように見覚えのある動物がベースのものがほとんどだったが、中にはワーウルフのような獣人タイプに、ゴブリンやオークといった物語の中で見たようなものもいる。

目立ったところでは森の上空にはばたくワイバーンや、メフィリスに比べれば小型の、竜車を引いていたような竜。

変わったところでいえば森の巨木より大きなムカデのような魔物や、分裂と集合を繰り返して遊んでいるように見える巨大なスライムなどだろうか。

とにかく様々な魔物たちが一挙に集まっていてなかなか壮観だった。

「遥人、ぼーっとしてる場合じゃないでしょ。さすがにこんなの見られたら町から討伐隊が出るわよ」

「確かに……ライ、レト、集めてくれたこの子たちはみんな、テイムして大丈夫なんだな？」

「グルゥ！」

ライが自信満々に言う。

どうやらテイムの恩恵で強くなれるというのが、彼らにとっての望みらしい。

野生の魔物たち、それも冒険者が集まりやすいこの地域の魔物たちにとっては、自分の身の安全が何より大事だ。

身を守る力が得られるなら、主人ができても問題ないという。

「なら……【テイム】」

森に集まった魔物たちに手をかざし、少しずつテイムしていく。

「大丈夫なんですか？　こんな数を……」

「まあ行けると思う。メフィリスと違って少しずつだからな」

テイムするたびに俺の力は増す。

それを利用して、できるだけ簡単そうな相手から順にテイムをしていけばいい。

「……一体テイムするごとに力が流れ込んでくるわね」

「いいですねぇ。ボクもそうしてほしいんですが……」

「あとからテイムされたらこの恩恵がいっぺんに流れ込んでくるのよね……そう考えるとそれはそれで面白いんじゃないかしら」

「面白そうではありますけど……」

そんな会話を聞き流している間に……。

「【テイム】」

「キュオオオン」

最後の一体、竜車を引いていたような小さな竜のテイムが終わる。

「意外ね」

「意外？」

「ええ、あの大きな子たちのほうが強いと思ってたけど」

「あー、こいつだけはちょっと特別だった」

「キュル！」

白い竜が甘えるようにこちらにすり寄ってくる。

「特別……？」

「ああ、多分ほかの竜とちょっと違う。さすがにメフィリスほどとは言わないけど、ライやレトと同じような扱いのほうがよさそうだった」

ほかの魔物たちも確かに強いんだが、こいつだけおそらくまだまだ成長途中というか、子どもも子どもだ。

だから正直、テイムでどこまで伸びるのかわからずに最後に回したというわけだ。

「名前、いるんじゃないの？」

「キュルルル！」

「この子も欲しそうにしてますね」

「そうだな……」

毎回名前を考えるのに苦労するんだけど……。

「ルルでいいか」

「また安直な……」

「キュルルルー！」

「まあこいつが気に入ってくれたなら良しということで……」

嬉しそうに俺の周囲を飛び回って……飛び回る？

「羽が生えたのか？」

「キュルー！」

嬉しそうにアピールしたかと思うと、何を思ったか俺の服を口でつまんだまま
……。

「わっ……おい⁈」

「キュルゥウウウウ！」

空高く飛び立ったのだ。

「危ないだろ……え？」

「キュルルー」

楽しそうに鳴くルル。

いや、そのルルが今、俺の横にいるのだ。

俺の服の首のあたりを咥えて持ち上げていたはずのルルが、だ。

「もしかして……飛んでる？」

「キュルルー！」

テイムの恩恵だろうか。

まだ浮かんでいるだけでコントロールできるような感覚はない。

幸いすぐに降りることはできたが、一瞬森の木々の上にまで連れていかれて焦った……。

「すごいですね」

「いや……本当に」

降りてすぐ心配そうな二人に迎えられた。

「本当にどんどん人間離れしていくわね」

「これに関してはもう反論できない」

試しに飛んでみようとすると、その場に身体を浮かばせる程度のことはできることがわかった。

空高く飛び立つとか、これで移動とかは難しいにしても、これは便利かもしれない。

「まあ上まで飛べたのは良かったんじゃないの？」

美衣奈が言う。

確かに一瞬、楽園のダンジョンの全貌が見えたのはありがたいな。

「そんなに正確にはわからないけど、奥に行くほど禍々しい何かが充満してたな……もう魔物を引き寄せる魔道具そのものが、呪いの道具になってるかもしれない」

「早く処理したほうがよさそうね」

メフィリスの説明通りなら、あの禍々しいオーラを放っているのが悪鬼。

悪鬼の力を増幅させているのが魔道具だ。

まず魔道具を排除して、これ以上悪鬼に力を蓄えさせないようにする必要がある。

「ダンジョンに入るには冒険者登録が必要……だったか」

「勇者のままなら必要なかったみたいですけどね」

宿でリサにいろいろと説明してもらったが、ダンジョンは国を超えた機関であるギルドが管理していて、中に入るにはギルドが認める身分証が必要なのだ。

エルムント王国の後ろ盾があった勇者たちは問題なかったんだが、俺たちはもう勇者とは名乗れない。

「偽名がいらなそうだったのは助かったな……普通に遥人って名乗っちゃってた

し」

「数が多いから一人ひとりの名前までは浸透しないみたいね」

「それにもう、ボクたちは最初からなかったものになってるでしょうしね」

リサから聞いたのはカスクの町に伝わっている勇者たちの情報だ。

その中に勇者の個々人ごとの情報はほとんどなかった。

あったのは影のダンジョンを攻略したという難波洋平、秋元翔、日野恵の名前だけ。今回の勇者は人数が多いとは言われていたが、正確な人数までは伝わっていないようだった。

リサは十人以上いるらしい！　と興奮気味だったが、俺たちをカウントしていないにしても少ない数しか伝わっていなかった。

「ま、とりあえず登録にいくか」

「テストとかあるんですかね？」

「あっても美衣奈ならなんとかなるだろうな」

「遥人くんもですよ。私がダメだったときはいよいよテイムしてもらいますからね」

「わかったよ」

そのときはもうその時になってから考えよう……。

とりあえず三人、ギルドを目指したのだった。

再び使い魔たちは森に潜んでもらいながら……。

「いらっしゃいませ。登録でよろしかったですか？」

「ああ」

「文字の読み書きはできますか？」

「できるな」

「ではこちらに皆さんの情報を可能な限り書き込んでお持ちください」

受付での対応はこんなところ。

用紙を受け取った俺たちは……。

「どうしますか？」

「まあ、信じてもらえる範囲で書けばいいだろ」

名前や自分の特技、使用武器や緊急の連絡先。あとはこの町に何しに来たのかなんて項目がある。

名前はカタカナで。

特技はそれぞれテイマー、魔法、調合だ。武器は美衣奈が杖を使う程度。緊急の連絡先はなし。

そして……。

「カスクの町に来る人間なんてこれで問題ないでしょう」

「まあいいか」

目的はダンジョン攻略。

これをもって受付に行くと……。

「ふむふむ……少々お待ちください」

何かの魔道具を操作する受付。

ほどなくして、三枚のカードが用意された。

「お待たせしました。こちら皆さんのギルドカードです。今後どのギルドでも使用できますので大事に使ってください。一応、ダンジョン内で危機に陥ったり死亡した際はこちらに連絡が届きますが、緊急の連絡先がないということですのであまり気にされないでも良いかと」

あっさりと、そう言った。

「ピンチになったら助けてくれるってことか？」

「そういった依頼を行われていれば、依頼内容に応じたランクの冒険者が駆け付けます」

「なるほど……」

逆に言えば特に何もできない冒険者は見殺しということだ。

王都のとき以上に命が軽い。

「どうしますか？　遥人くん」

「俺たちを助けに来てもらうのはちょっとややこしいだろ。特に保険はかけないでいい」

「ですよね」

俺たちがそんな会話を終わらせると、受付をしてくれた女性が最後にこう言った。

「ダンジョン攻略が目的とのことでしたが、あまり無理されないようにお勧めします。ここ最近は特に進度が浅くても上位の魔物が出てくる事件が多発していますので」

「そうなのか」

「ええ。では、ご武運を」

それ以上は特に何も言わず、ただ見送られる。

あっさりしていると思ったがこれ以上の情報は有料なのだろう。これもリサから聞いていたが、情報を商材にする人間がギルドの酒場に必ずいるらしい。

だから勝手にしゃべりすぎるわけにもいかない。注意喚起と、ある意味では気になって情報屋に行く人間を増やす宣伝だ。

「聞いてみますか？」

「まあ情報屋ってのがどんなのか気になるし、そうしてみるか」

リサに聞いた特徴は赤い帽子をかぶって一人で酒場で飲んでいるおじさん……だったはずだ。

ギルドに併設されている酒場を見渡すと……。

「いるな」

「えっと……相場は銅貨三枚くらいで聞きたい情報、だったわよね」

「三千円くらいの価値だったよな」

「高いですよねぇ」

「売る側からすればそんなもんな気もするな。ずっとここにいないといけないんだし、情報を仕入れるのにも金はかかるだろうし」

「なるほど……」

そんな話をしながら男に近づいていく。

「聞きたいことがあるんだが」

「……ダンジョンの地図が欲しいか？　魔物の情報が欲しいか？」

「最近発生してるっていう強力な魔物について情報が欲しい」

話しながら銅貨を渡す。

「ふぅむ……」

「逆に聞きたいんだが、どこまでわかる？　奥地のことがわかっているならもう少し出すが……」

メフィリスのところから持ってきた金貨をチラつかせると男の目の色が変わった。

「兄ちゃん、それはしまっときな。こんな場所で出したらあとが怖いぞ」

「これを稼げる時点でそこそこの力はあるつもりだ」

「違いない。奥地といったが、まだ最奥は確認できてない。そこにたどり着ける冒険者はこれまでやってきてねぇからな」

「意外だな」

「一階層しかねえダンジョンは馬鹿に夢は見せるが、まともな冒険者は近寄らねえ。この奥に何があるか大体わかってるからな」

要するに優秀な冒険者はわざわざやってこない、と……。

確かに難度九なんてダンジョンに挑戦するのはなかなか無謀だろうな……。

「兄ちゃんはわかってるのに来たって顔してやがる。逆に聞きてえな。なんで来たのか。いやこれは俺の興味だけだ。売れる情報で言うなら、奥の話は俺のとこにもってきてくれりゃ高く買おう」

「逆に買ってくれるのか」

「ああ。兄ちゃんのレベルだとこっちが売れる情報のほうが少ねえ。さっき言ってた魔物が突然出てくる話だって、真相はわからん。だが一人殺せばすぐ帰っていくってのだけはわかってる。気を付けな」

「わかった」

情報屋はそれだけ言うと一応は俺が出した銅貨を受け取って俺たちを送り出してくれた。

「いい人でしたね？」

「妙に評価されてたのが引っかかるけど……」

「あー、ボクもギルドに来てやっとちゃんと気づいたんですけど、お二人の力ってもう見た目のオーラから全然別物になってますよ？　二人はあんまり自覚がないみたいですけど」

かれんに言われて美衣奈を見ると……。

「なによ」

「確かにオーラはあるかもしれない」

「でしょう？　ずっと一緒だと変化がわかりにくいんだと思います」

冒険者登録があっさりだったのもこれがあるかもしれないな。もともとそういうものかもしれないけど……。

何はともあれ、悪いことじゃないだろう。

あっさり用事が済んだとはいえすでに時間も遅かったので、その日は町の散策と休養ということになった。

リサにいろいろ聞いて、かれんの調合薬の素材を買ったり食べ歩きをしたりと、初めて異世界の町を満喫したのだった。

「ふわー、まさか温泉まで入れるなんて！　今日はいろいろ買えましたし、食べ物もおいしいし、最高ですねぇ」

「そうね……何日ぶりかしら。湯船に入るの」

「お城にはありましたけど、なんというかあれはあまり風情はなかったですからねえ」

　宿のすぐそばの温泉にやってきたかれんと美衣奈が二人、貸し切り状態の露天風呂でくつろぐ。

　城に備え付けられていた湯船はぎりぎり人が入れるサイズで、人数もいたためゆっくり入るようなものではなかった。なんならシャワーだけのほうが快適なくらいの、そんな風呂。

　その後ダンジョンで過ごしていた彼女たちにとってこの温泉は、最高の環境だった。

「……にしても、やっぱりかれん、隠してたわね」

「あう……さらしでつぶすことが多くてそのまま日常になってましたね」

「胸よ」

「つぶすことが多いって……贅沢ね」

ジトッと美衣奈がかれんの胸を睨む。

美衣奈もないわけではないがスレンダーなタイプだ。かれんのさらけ出された胸は同世代、というより全人類と比較しても大きい部類に入る。

普段の見た目は美衣奈と同じくらいになるほど押さえつけられているが。

「眼鏡もそうだけど、元の世界で何してたわけ？　言いたくないならいいけれど」

こんな話ができるくらいには、二人の仲は進展していた。

何日も一緒にいれば自然と、ということもあるし、もともと彼女たち二人のウマが合っていたのもあるだろう。

これまでは必要に迫られた会話や遥人を介しての会話ばかりだったが、ようやく一息付けて、こんな話もできるようになった。

「まあもうこんなところまできて隠す必要はないですね。えっとですね、コスプレを少々」

「隠し？」

「コスプレ……？」

「美衣奈さんには馴染みがないかもしれませんが、アニメキャラの服を着て写真を撮ったりしていたんですよ。……いやぁ、こうして口に出して説明するとなんか黒歴史って感じで恥ずかしいですねぇ」

顔を湯船に沈めて隠れていくかれん。

かれんからすれば、美衣奈はクラスの中心に君臨するいわゆる陽キャ。自分と対極で、遠い存在だ。どんな反応をされるかビクビクしていたが……。

「すごい！　楽しそうね」

「ええ……」

「なによ」

「いや、意外な反応だなと」

目を見開くかれんに美衣奈がため息をつきながら説明をした。

「私、勘違いされがちだけど、別にそういうの嫌いじゃないというか……むしろ気になってはいたというか、読んでたし」

「そういえばクラスでも漫画の話題になることありましたもんね」

「そうそう。で、かれんはそのコスプレが仕事だったの？」

「え？　いやコスプレはただの趣味……とも言い切れない領域でしたが、ちょこちょこモデルの仕事とかもしてましたからね」

「え……すご……。だから隠してたの？」

「はい。察しの良い人なら気づくかなと思って目立たないように。幸い遥人くんは察しが悪かったので良かったですが……いやまさかこっちに来て眼鏡を外してもあんなあっさりした反応だとさすがに隠してたとはいえ私もちょっとあれでしたが……」

話していくうちに不満が爆発するかれん。

遥人に対する不満は、同じようなところで美衣奈も抱いているので、自然と話は盛り上がる。

「ほんとよ。あいつの察しの悪さは筋金入りね」

「美衣奈さんのほうが苦労されてますもんね……」

「そういうわけじゃないけど……その……」

美衣奈が頬を赤らめる。

「はぁ……可愛くていいですねぇ。美衣奈さん。よくこんなかわいい幼馴染がいて手出さなかったですね、遥人くん」

「可愛い……かれんに言われるとちょっと嬉しいわね」

「えー。なんでですか」

「それは……」

友達だから、仲がいいから……そんな思いを口に出そうとしたが、恥ずかしくなって美衣奈はこう言った。

「学校じゃ目立たなかったけど、こんなに可愛いし。外じゃ人気だったでしょ……モデルまでやってたんだし」

「それはまぁ、そこそこ見られてはいましたが」

「遥人に見られたかった？」

「なっ⁉　いや、別にボクは遥人くんは友達としか見てないので……少なくとも美衣奈さんを押しのけてというつもりはないですよ！」

「ふーん。その割には昨日張り合ってきたじゃない」

「あれは……」

かれんが言葉に窮していると美衣奈のほうが自分の言ったことを思い出してさらに顔を赤くする。

「って、違うわよ！　私も別にそういうわけじゃないから。幼馴染だから目に入るし、今は使い魔になったからで……その……」

「せめてボク相手には素直になれるようにしないと……遥人くんこっちだとモテそうですよ？」

「うぐ……」

美衣奈もそれは感じていた。

遥人はもう学校にいたころとは違う。

能力に恵まれた部分もあるかもしれないが、ここまでどんな状況でも動じずにやってきている頼りがいが生まれている。

二人はもともと好意的に遥人を見ていたので甘く見ていたが、カスクの町に着いてからの周りの反応を見て、二人に焦りが芽生えていた。

「というより、遥人くん、リサちゃんに甘すぎませんか？　確かにまだ幼いとはいえもうちょっと胸も膨らんできた子を簡単に膝の上に乗せたり……」

「胸……」

美衣奈が自分の胸を手で押さえながら考え込む。

明らかに年下、というか、学生である彼女たちから見ても幼く見えるリサのほうが、下手すれば美衣奈よりはあった。

その事実に打ちひしがれつつ、現実に戻ってくる。

「確かにリサに甘かったわね……というより、年下に甘いのよね、もともと」

「そうだったんですか？」

「そうよ。ちっちゃいころ一緒に遊んでたときも、妙に近所の子の面倒見が良くて懐かれてたし」

「えー、まあでもなんとなく想像できますね」

「そうそう。年下の子どもたちが拾ってきた捨て猫の飼い主を必死に探したりしてね」

思い出話に花が咲く。

美衣奈の語る幼いころの遥人の姿は、かれんが知らなかったもので、でもどこかかれんが知っている遥人の想像通りの幼少期で笑っていた。

「かれんも、学校であいつがどんな感じだったかとか、ないの？」

「学校では美衣奈さんも見てたじゃないですか」

「それはそうだけど……でもその……全然話せてなかったから……」

「何かあったんですか？」

「んー……多分何もなかったんだけど、なんとなく話しにくくなっちゃって……」

「美衣奈さんが恋心を自覚して尻込みした、と」

「なんでそうなるのよ⁉」

「あはは」

そんな他愛もなくて、でも大切な時間を過ごした二人。

遥人と合流するころには二人ともすっかりのぼせてしまい、その日の夜は仲良く同じベッドで倒れるように眠ることになるのだった。

第八章　楽園のダンジョン

「ローグス。勇者たちの教育は順調に……？」

玉座に座るエルムント王国国王、ヒルスがローグスに問いかける。

玉座の間には話にやってきたローグスのほか、大臣たちやフィリアが控えていた。

「はっ……父上。上位の三名を選抜し未踏破ダンジョンを攻略させました。すでに力は大陸でも上位に入るかと」

「ふぅむ……。して、災厄のほうはどうじゃ？　勇者を召喚しておいて災厄がないとなれば各国の批判が生まれる」

ヒルスは隣に控えていた宰相からハンカチを受け取ると額の汗を拭う。

ローグスに比べれば大柄、悪く言えば肥満のヒルスは、その体型に反し、そしてローグスとは正反対に小心者だ。

周辺国の反応を恐れ、勇者たちの召喚もローグスが提案しなければ使うつもりもない男だった。

「前回の災厄からおよそ二百年。そろそろ悪鬼の封印が解かれます」

「それが此度(こたび)の災厄か……」

災厄という大義名分なしに勇者を召喚すれば、周辺国にとっては急激な軍事力強化であり脅威だ。

国王にとっては災厄をどうにかできるか以前にまず、本当に災厄が訪れるかどうかのほうが重要ですらある。

「悪鬼の封印場所については資料がないぞ。当時の勇者は皆、悪鬼との戦いで命を落とし、あれを封印したのはかつての英雄たちと言われておる。我が国はただ勇者を失っただけだ」

約二百年前。

本物の災厄として生まれた悪鬼を封印したのはメフィリスをはじめとする強大な力を持った存在たちだった。当時の勇者は真面目に災厄に向き合ったが、力が足りなかったのだ。

「ご安心を。すでに目星はつけております。それに我が国の勇者たちの功績は悪鬼との戦いではなく、その後の部分でしょう。まだまだ各国からの信頼は厚い」

「ふぅむ……すでに五十年以上前。そしてすでに先代の勇者も死んでおる。お主は生まれる前であったが」

「その先代勇者ラーセル殿。彼の功績は大きい。悪鬼の勢力の残党狩りに、邪龍の封印……さらに未踏破ダンジョンをいくつも攻略されました。素晴らしいお方です」

「そうじゃの」

悪鬼の勢力とは、罪のない鬼人族たち。

そして邪龍の正体は、悪鬼封印の中心的役割を果たした英雄、聖竜メフィリスだ。

ラーセルは歴代勇者たちと比較しても非常に優れた能力を有していたが、思い込みの激しい性格をしていた。

悪鬼を産んだ鬼人族は悪と決めつけ、各地で起きた鬼人族狩りを扇動したのもラーセルだ。

極めつけはメフィリスの封印。だがメフィリスを封印できる程度には強かった。

その結果、大陸ではラーセルの悪行は広まっていない。誰もそこに気づけず、真実からはどんどん遠ざかっているのだ。

そしてそのラーセルに憧れて育ったのが、ローグスである。落ち着いて判断せよ」

「じゃがお主は少しばかり焦りすぎるきらいがある。落ち着いて判断せよ」

「はい。ですが父上、すでに悪鬼の封印場所はおおよそ特定済み。あとはもう、育てた勇者たちが悪鬼を討伐するだけです」

「封印を解くつもりか……？」

「いずれ解けるのです。戦力があるうちに、こちらが準備を整えて迎え撃ったほうが良いでしょう」

「ならぬ。封印を強めるに留めよ。もしも復活させた悪鬼を止められなかったらどうするつもりだ。封印を得意とする聖属性の使い手もおったろうに」

ローグスは今持てる最高の戦力で未然に脅威を排除しようとしている。

そして国王は、博打に出る必要はなく封印の延長を提案する。

両者の意見はともに間違ってはいない。

どちらが正しくなるかは結果論でしかないが、今回に関しては両者ともに間違っていると言えるだろう。

二人ともが正しい情報を得られぬまま、自分の都合だけで意見をぶつけ合っているのだから。

「勇者召喚はそう頻繁に行えません。もし悪鬼が復活したタイミングで勇者がいなければ、大陸が、我が国が危機に陥ります」

「じゃが……ローグスよ、悪鬼の封印場所は王都からは近いのか？」

「王都から……？」

一瞬父の考えが読めず考え込んだローグスだが、すぐその真意に気づく。

「ええ。悪鬼が目覚めたとき、最初に滅ぶ場所の一つはこの王都になるかと。封印場所は楽園のダンジョン。王都にも近く、またこの都市の経済とも密接に関連する商業都市カスクのすぐそばです」

「……封印はいつごろ解ける」

「わかりませんが、調査に向かわせた者たちによると楽園ダンジョンの奥地は踏破者もおらず、禍々しい気配に包まれていたと」

「ふぅむ……」

深く深くため息をついて、国王ヒルスが椅子に腰かけなおす。

「どう見る？」

ここで初めて、ローグス以外の人間、そばに控えていた宰相に向けて尋ねた。

「お恥ずかしながらローグス殿下ほど楽園のダンジョンについて詳しく調査できて

おりませんが、最近あの地域の魔物が活性化している情報は上がっております」

「関連はあるのか……」

「わかりませぬ。ですが用心するに越したことはないかと。私としては勇者様方の中にいらっしゃる聖属性の使い手に封印を施して頂ければと思っておりましたが」

宰相の提案は国王のそれに乗っかったものだが、これについてはフィリアが回答した。

「聖属性の能力を有する勇者メグムですが、彼女は今……」

一瞬言葉を止め、表情を歪ませた。

「力が使えなくなっています」

「なぜじゃ」

「影のダンジョンの攻略。勇者ヨウヘイ、カケル、メグムはやり遂げましたが、同時に多くの被害を出しました。メグムは後方の回復を担当しており、自身の責任を必要以上に重くとらえており……」

「再起はできんのか」

「わかりません。ですが現状、精神的に負荷をかけられる状況ではありません」

「ふうむ……」

影のダンジョン。

外向けには勇者たちの活躍をアピールするいい機会となったが、三人は精神的に大きな苦痛を味わうことになっていた。

ダンジョン攻略は騎士団員五十名をはじめ、ローグスを含む八十名が参加したが、帰還したのは五十五名だった。

これを王家としては大成功と盛り上がったのだが、大量の死を目の当たりにした三人は平常心ではいられなかった。

特に日野は衛生兵の役割を果たしており、死をより身近に体感してしまっている。今はほとんどの時間を、与えられた自室で横になっているほどだった。

「勇者とは繊細だな……」

国王がため息をついたところで、一人の男が現れた。

「平和な世界から来られたのでしょう。良きことです」

「ヴィクト」

国王と王子の謁見の場にこのような形で現れて許される唯一の男。

ローグスの兄、ヴィクトである。

「体調は良いのか」

「ええ。今日は調子が良いのです。少し勇者様たちの様子も気になっていましたので今日は起きていようかと」

色白で、ローグスより長身で細い。

柔和な笑みと病弱ゆえの繊細なオーラを纏った男だった。

身体の弱さを理由に王位継承権はそうそうに破棄しており、今は可能な範囲で政治の補佐に当たっている。

「ちょうど良い。ヴィクトよ、悪鬼について、お主はどう思う」

「来るまでに使用人から経緯は聞いております。強硬に動くべきときではないかと。いずれにしてもローグスの言う最高戦力は勇者メグムが戻らねばなりえませんから」

「確かにの」

ヴィクトの登場はローグスにとって面白くない方向に話を進めるきっかけとなった。

いやもともとローグスにしてみれば、いつ自分の立場を脅かされるか気が気でない相手であり、ヴィクトは苦手な相手だ。

魔法、体力、知力、容姿……あらゆる要素で自他共に認める優秀さを誇るローグスだが、兄への劣等感はすさまじい。まだ一緒に過ごしていた幼少期、ことごとくローグスはこの兄に能力で劣り続けたのだ。

病弱であること以外、今もなおその劣等感が拭い去れず、また国王をはじめ周囲の人間もまた、ヴィクトを高く評価している。

「病床に臥せっている時間は誰より長い私ですから、勇者メグムの再起には力添えできるやもしれません。少々お時間をいただければと」

「ふむ。決まりじゃ。ローグス、お主もそれで良いな？」

「……わかりました」

不承不承に答えるローグス。

やはり兄がいると思い通りにならない。

そんな歪んだ感情が彼を支配しようとしていたのだった。

◇

「さて、いよいよ楽園のダンジョンだけど……すごいな、人が」

「思ったより多いわね」

ここは正確にはダンジョンの中というより、ダンジョンに続くカスクからの道中になる。

エリア一帯を楽園のダンジョンと呼んでいるようだ。

ダンジョンは魔力を帯びた遺跡の総称ということだったので、王家の墓のような地下迷宮だけでなくこういったものも指すらしい。

とはいえ、地上一階層だけでダンジョンと呼ぶものはここくらいしか知らないとリサは言っていたが。

「というか、これもうお祭り会場みたいですねぇ」

「リサですらたまに出店を出すって言ってたもんな」

小遊亭も時期によっては出店を出したり、店にお弁当だけ並べてもらったりしていると言っていた。

通りには本当に祭り会場のように屋台スタイルの出店がいくつも並んでおり、食べ物はもちろん、回復薬や武具、さらには活躍した人気の冒険者のグッズなんかも売られていた。

「これは……」

かれんが眺める方向には……。

「勇者グッズ……か」

歴代の勇者の装備にちなんだ小物だったりレプリカの武具なんかが売られている。その中にはすでに、今回の勇者──クラスメイトたちをモチーフにしたものも含まれていた。

名前は出回らずとも、そのモチーフから難波、秋元、日野を連想できる。大剣のレプリカとか、こう見るとでかいな……。

「あちらは王国の後ろ盾で専用装備を整えている……という感じでしょうか。今となっては特に羨ましいわけでもないですが」

ローブをひらひらさせながらかれんが言う。

「性能では負けてないでしょうね」

そんな会話をしながら出店を眺めて歩いていると、食べ物屋が減って、本格的な武具店を中心にした店が連なり始める。

そして……。

「ギルドが入り口を作ってくれてるわけか」

「こんな作りですから周囲から入ることもできたかもしれませんね」

「まあせっかくならマッピングされた道を使えたほうがありがたいだろ」

まっすぐギルドが設置するダンジョンの入り口に向かうと、職員が声をかけてくる。

「ようこそ。ギルドカードはお持ちでしょうか」

「ああ、これを」

三人まとめて職員に見せる。

「ありがとうございます。ダンジョンは初めてのようですので、簡単に説明いたします」

職員がごそごそと地図を広げながら俺たちに説明を始める。

「楽園のダンジョンはこのようになっております。この入り口からマッピングされたルートでこのエリアまでは初心者向けの魔物の狩場。マッピングされたマップはあちらでご購入いただけます。中級者向けのエリアからはマップがない地域もございますので、その場合冒険者様同士で情報共有されているケースもございます」

初心者エリアまでならマップがあるけど、その先は自己責任か。

「奥地の地図はないんだよな？」

「奥地ですか⁉　それは難しいかと……確かに皆さんはそれなりに力があるようにお見受けしますが」

職員の言葉にかれんが反応する。

「やっぱりある程度見た目でわかるんですねぇ」

「全員に言ってるかもしれないけどな」

「そうでもないみたいよ」

美衣奈が示した先では、職員が冒険者と言い争いをしていた。

「このマップでマッピングされているエリアを越えての探索は禁止です」

「なんでだよ！　俺たちもできる！」

「いえ、皆さんでは力不足。ランクを上げて挑戦してください」

同じような押し問答を繰り広げているのを眺めていると、俺たちの担当の職員が苦笑いしながら言う。

「本来の規則はああなんです。ああして明らかに不十分な装備の冒険者たちはああ言って言い聞かせておかなければ、他の冒険者を巻き込んだ事故につながりかねないので厳しくしています」

そこでこちらに視線を戻して、こう続けた。

「ですが、結局ダンジョンに入れば我々に止める術はありませんから、相応の準備を整えていらっしゃる皆様には特に言うことはございませんよ」

なるほど。

メフィリスのところで装備を新調できたのは本当に良かったな。

「ありがとう」

「はい、では行ってらっしゃいませ」

ここから先は森の中。

こうして入り口に立ってみると、なぜこの場所をダンジョンと呼んだかわかる。

「あちらから森に入ったときには感じなかった何かを感じますね」

「そうだな……単純に森に入るのとはちょっと違いそうだ」

独特の魔力が漂うダンジョンに足を踏み入れていく。

薄暗い森の中はそれまでの活気ある通りとはまるで別世界だ。一応まっすぐ魔力の濃い方向に進めばいいだけのはずだけど、油断すると迷いそうだな。

「マップ、買っておいたほうが良かったか？」

「いざとなったら遥人が飛べばいいじゃない」

「いや……」

またあれをやるのか……まあ情報収集には一番いいけど……。

「迷ったときに考えよう。今はとりあえず、進みたい」

まだ入り口周辺では人の目も多いので、ある程度進んでひと気がなくなり次第、テイムした使い魔たちを呼び戻して攻略を開始することにしている。

荷物もライたちに預けてあるし、ひとまず合流地点を目指して行ったのだった。

第九章　交錯

「おい王子様よぉ……なんで今回は俺たちだけなんだ」

「何を言っている。親衛隊もいるではないか」

「数が違えだろうが。竜車に乗って着いたらすぐこんな森の中で戦えってのもおかしいだろうが」

「これに関しては洋平(ようへい)の言う通りだ。説明してほしいな、ローグス」

カスクからほど近い森に、五人ほどの集団が集まっていた。

エルムント王国の王太子、ローグス。

勇者である難波(なんば)、秋元(あきもと)。

そして未攻略だった影のダンジョンを攻略した親衛隊の一部。

ローグスが父である国王との会話をして、すぐ次の日の出来事だった。

「影のダンジョンは難度五。未攻略ダンジョンといえど少し歯ごたえはなかっただろう?」

「……」

秋元が押し黙る。

二十五人の死者を出した影のダンジョンの攻略は、秋元にしてみればそう簡単に片付けられるものではない。

だが構わずローグスは続けた。

「あのときははっきり言って足手まといが多かった。だから人が死んだのだ。今回は少数精鋭。あのときのようなことにはならぬ。そして難度も、影のダンジョンとは比べ物にならない。難度七以上の、測定不能の最高難度ダンジョンだ」

「最高難度……。いきなりこんなところに来たのはなんでだ。王家の墓もあっただろう?」

「簡単なことだ。ここが最も時間をかけずに攻略可能な最高難度ダンジョンだからだ。この場所は一階層しかなく、ただ敵を倒してまっすぐ森の奥に踏み込んでいけばいいだけ。わかりやすくていいだろう?」

難波を見ながらローグスが言う。

以前の難波ならこのローグスの提案に「いいじゃねえか」と笑っただろうが……。

「ちっ……」

舌打ちだけして秋元のほうを見ていた。

難波にとっても、影のダンジョンでの出来事は重く受け止めるべき内容だった。

自ら遥人たちを事実上死に追いやろうとした過去があるが、あのときは直接その結末を見届けていない。

それに対して、影のダンジョンでは隣で戦っていた騎士団が目の前で死んでいる。

初めて向き合った死に、難波であっても感じるところがあったのだ。

さらに今、難波と秋元はほとんどクラスメイトたちと別行動になっている。

優越感に浸る時間がないことが難波の強いストレスになっているのだが、ローグスにはそれもわからない。いや、普段のローグスならわかったかもしれないが、今のローグスはそんな余裕がなかった。

長兄ヴィクトに自分の計画を崩された。その思いだけで、こうして秘密裏に難波たちを連れ出して楽園のダンジョンまでやってきているのだ。

「このダンジョンには君たちが望む災厄が眠っている」

「災厄⁉ そんな突然……」

「正確に言えば以前の災厄、悪鬼が眠っているのだが、そろそろ封印が解かれるのだ。君たちがいる間に処理したいし、これが今回の災厄であれば君たちはこれを倒せば自由になる」

「……突然すぎる。だったらもっと万全な体制で来るべきだっただろう」

「それも一理ある。が……私は君たちを英雄にしたい」

「英雄に……？」

「そうさ。本来勇者というのは一人で招かれるものだ。それが今回は三十もいた。もし三十人が全員育つのを待って災厄を倒したとしても、語り継がれる記憶に残らない。三十人の中で、君たちの働きが群を抜いていたとしても、だ」

ローグスは続ける。

「もし今、たった二人で災厄を退けたのなら、間違いなく君たちは英雄だ」

「それは……」

「それに、だ。君たちにはもう一つ、ここに来るべき理由がある」

「今さらもったいぶるな」

秋元の言葉に笑いながらローグスが言う。

「それもそうだな。いいだろう。事実から伝えると、王家の墓から攻略者が出た」

「なっ⁉」

「はぁ⁉」

秋元と難波がそれぞれ叫ぶ。

「おい、それは……」

「このタイミングで攻略者が出たのだ。入り口からは誰も入れていない。考えられる結果は一つだ」

「あいつらが……生きてる？」

「おいおいおい。ってことは俺らはあんな雑魚がクリアしたところよりさらに下のダンジョンで……」

それ以上言えば完全に負けを認めることになるというプライドが難波の言葉をせき止めたが、今さらもう遅かった。

「そんなことより！　生きてるなら話が変わるぞ！　クラスの連中は難波と俺の強さで黙らせただけだ。もしこれであいつらのほうが強いなんてことになれば……」

「安心しろ。攻略者が出た情報は私の親衛隊しか知らない。だからここで、黙らせるのだ」

静かに、冷たく、ローグスが言う。

「王家の墓の攻略難度も、この楽園の攻略難度も同じく測定不能だ。ここで名をあげればいい。まだ誰も彼らが生きて戻ってきたことすら知らないのだから」

　残忍な笑みを浮かべるローグス。

だが死を目の当たりにしたことで今の難波と秋元にそれをやり切る精神力はない。

それを見越してか、本心か、ローグスはこう続けた。

「楽園のダンジョン。奥地に眠っているのは災厄と言っただろう。考えてもみろ。ダンジョンをクリアしたのならなぜ城に戻ってこない？　彼らがこちら側だとすれば、まずやることは生還を我々に伝えに来ることだ」

　ローグスが作り出した状況であるという事実は完全に棚上げされている。

「彼らはなんらかの理由でこちらに合流しなかった。そしてまっすぐ、災厄を目指した。私はこう考える。災厄を悪用して、復讐を企てているのではないかと。事故であったのに、逆恨みをして」

　この場にそれが事故であったと思っている人間などいないが、ローグスは自分に酔った様子で得意げに続ける。

「彼らは悪意を持ってこの森に来ている。我々が止めなければ、大変なことになるだろう。君たちの行いは正しい」

「それは……」

めちゃくちゃだと考えようとした秋元の思考が、なぜかそこでぼやけていった。

「確かに……あいつらを止めないと」

「ああ、その通りさ。それにだ、考えてみたまえ。彼らがもし善意で災厄を討伐しようとやってきていたとしてもだ。もしこれで災厄を倒した英雄が彼ら、という状態で元の世界に戻って、君たちの地位は脅かされないかい？」

「確かに……気に食わねえよ。それじゃあ」

「そうだろう。だから、ここで彼らを討つことは仕方ないのさ」

取り憑かれたように二人の目の色が変わる。

ローグスの能力、【人心掌握】。

他人の心を誘導することで、コントロールする力。これをスキルとして持っている。

とはいえ力ずくで何もかもを従えられるわけではなく、そこには相手をコントロールするための技術が存在する。

正義感をくすぐったローグスの演説は、今の二人にとっては大きかったのだ。

【鑑定】を持つフィリア以外、ローグスのスキルのことは知らない。

そしてフィリアも、すでに【人心掌握】で記憶を上書きされた状態だ。

新たに兄ローグスを【鑑定】することもない。

勇者も、親衛隊も、大臣も、国王でさえ、ローグスは思いのままに操る術を持っていた。

「おい、そういうことならとっとと行こうや。なんかそこに妙な魔物どももいるから肩慣らしでもしてよ」

「ほう？」

難波の向かおうとする先に目をやりながらローグスは考え込む。

彼の思い通りにいかないとき、そこには必ず兄のヴィクトがいた。

ヴィクトの能力は能力を【無効化】するもの。だがそれがあだとなり、彼は【鑑定】も効かず、病弱ゆえそれを試すこともなく、スキルなしと言われているが、ローグスだけは彼の能力を知っている。

これがローグスが、兄ヴィクトに執着する理由の一つだ。

そんなことを考え込むローグスだったが、、秋元の声で意識が戻る。

「結構な数じゃ……いや、これは……！　ライガル⁉」

「なんだなんだ、どっかで見たことあると思ったらこれ、あいつのじゃねえのか？」

難波たちが見つけた魔物の群れは、遥人の使い魔たち。

荷物を預かり、合流のために準備を進めていたところだった。

「グルル……」

「はっ！　獣風情(ふぜい)が吠えたところでなんにもなんねえだろ」

警戒するライたちをあざ笑う難波。

「やはり近くにいたか」

ローグスが笑う。

「待て。ライガルだけじゃないし、数も多すぎる。これはどういうことだ」

秋元の疑問にローグスが答えようとしたが、難波がすでに飛び出していた。

「構わねえだろ！　一匹も二匹も変わらねえからな！」

「ちっ……仕方ない……だが気を付けろ。数だけじゃない、強いぞ、こいつら！」

「はぁ？　んなわけねえだろ。あの雑魚の使い魔ごとき、どうとでもなるっての！

おらぁ！」

難波が大剣を振りかざす。

荷物を守るために下がったライに代わって、ダンジョンで出会った魔物たちが難波たちを迎え撃つ。

　難波たちは未攻略ダンジョンのクリアを果たした勇者だ。

　だが魔物たちは皆、測定不能と言われた最高難度ダンジョンの奥地にいた歴戦の魔物たちであり、それが遥人のテイムで強化されている。

　両者の衝突は、楽園のダンジョンでは近年まれに見る大規模な戦闘へと発展していった。

◇

「ルル……？　どうしたこんなところで。合流地点はもう少し先の予定だっただろ？」

　ダンジョンに入ってしばらく、見つけた魔物は手当たり次第にテイムして周囲の仲間を集めてもらい、さらにそれをテイム……というパワープレーで進んできたところで、慌てた様子のドラゴンの幼体、ルルが姿を現した。

「キュルル！　キュルルル！」

「どうした。落ち着――」

慌てるルルをなだめようと手を伸ばした瞬間だった。

――ドゴンッ

森の奥……ダンジョンの最奥からは外れるが、そこから何かが爆発するような音と振動が響いてきた。

「これを伝えに来てくれたのか！」

「遥人くん……これって……！」

かれんが言うまでもない。

「敵だ！　ライたちのところに行くぞ」

「はい！」

「わかった」

かれんと美衣奈、二人もすぐに走り出す。

「ルル、かれんを乗せてやってくれ」

「キュルー！」

走りながら口でかれんの服を咥えると一気に投げ飛ばして自分の背中に強引に乗

せる。

「わっ……ちょっと遥人くん⁉」

「悪い。急ぐためだから我慢してくれ」

「それはわかってますが……こうなるならもういっそテイムしてくれれば……」

ルルの上でそんなことをつぶやくかれん。

もしかするとこの先で、すぐにそれが必要になる可能性もあるんだが……。

「遥人、気を付けて」

「美衣奈も」

王家の墓のダンジョンでも感じていたような、身の危険を肌で感じる何かがある。

「ルルはなんて？」

「慌てすぎてて要領を得ないけど、ライたちが襲われてる」

「あの子たちを襲えるような魔物が……？」

「ダンジョンを外れて行ってるから何が出てくるかわからない……けどまあ、もうすぐだ」

テイムのおかげで本当にずいぶん走るのも速くなった。

美衣奈も魔力だけではなく、こういった身体能力面も強化されている。

それでも俺のほうがその恩恵は大きいようで……。

「ちょっと先に行く」

「え？　ちょっと！　もう……」

美衣奈とかれんを置いて一足先に駆け出した。

嫌な予感がするし、何より二人より先に敵とぶつかったほうがいいと考えて。

そして……。

「なっ⁉　大丈夫か⁉　ライ！　レト！」

森の一角に、不自然にできたクレーター。

木々も吹き飛ばされ、薙ぎ払われている。何者かの血しぶきもあった。

そんな中に、俺たちの荷物を背負ったライたちがいた。

そして、思いがけない相手も。

「難波と、秋元……？」

「あぁ？　出てきやがったか、雑魚が」

勇者たちがカスクに来る、というのは聞いていたが、リサを含め町の人の様子を見るにもっと大々的にやってくると思っていた。

だから完全に想定外だった。ここに二人がいることは。

周囲にはあのときの親衛隊長と、ローグスの姿もあった。

「これは……」

すぐに美衣奈とかれんも追いついてくる。

同じく驚きの表情を浮かべていた。

「なんでお前らがここに……」

「ああ⁉　そりゃこっちのセリフだ。死にぞこないがのこのこ現れやがってよ！」

ガンッと大剣を地面に打ち付けながら難波が叫ぶ。

その間にライたちがこちらに駆け寄ってきたが……。

「これは……」

「グルゥ……」

申し訳なさそうにするライ。

背負ってくれていた荷物がぐちゃぐちゃに引き裂かれていたのだ。

「ケガはないか？」

「グル！」

「ワフ！」

ライ、レト、そしてほかの使い魔たちを見渡すが……。

「あいつらは……？」

ダンジョンでテイムして、一緒にここまできたレトの仲間たち。その数が合わない。

「ワフゥ……」

落ち込んだ様子のレトの反応。

クレーター付近の血しぶきが誰のものだったか、ここで判明した。

「あいつがやったんだな……？」

「クゥ……」

守れなかったことで落ち込む二匹を撫でながら確認する。

明らかに敵意をもって、難波が襲い掛かってきたことがわかる。

その難波がまた叫んだ。

「何俺らを無視してやがんだ⁉　ああ⁉」

後ろにいる秋元も、ローグスと親衛隊たちも、戦う気は満々と言った様子だ。

「何が目的で襲った？」

「はぁ？」

「良い。そこからは私が答えよう」

「ローグス……」

俺たちを奈落に落としたのは難波だが、親衛隊の様子を考えるに、そして今日、この状況を考えるに、裏で手を引いていたのはローグスなんだろう。

「お前たちは事故のあと、普通なら国に帰ってくるはずだ。仲間である勇者に無事を知らせ、こちらに合流するのが普通だ。フィリアなどお前たちの死を悼んでしばらく泣いていたというのに」

いけしゃあしゃあと、ローグスが語り始める。

「私は考えた。お前たちが戻らない理由を。そして今日この場に来ている理由を。非常にシンプルだ。この場所に眠る悪鬼を、悪用しようと企んでいる。そうだろう？」

「は……？」

「良い。何も言わずとももうわかっているのだ。悪鬼は過去の災厄。これを討伐してもどうしようもないが、解放された悪鬼は王国に甚大な被害を与える。お前たちの狙いはこれだ！　召喚され、事故だというのに逆恨みし、我々の脅威となったお前たちを、ここで今日始末する」

めちゃくちゃな言いがかり。

だが自信満々で言い切るローグスの言葉を、親衛隊はもちろん、秋元も難波も止めることなく、剣を構えてきた。

「……えーっと、遥人くん、どうするんですか？」

どこからツッコめばいいかわからないという様子で尋ねてくるかれんが、調合薬を準備しながら聞いてくる。

完成した調合薬を受け取って飲みながら、俺もどうすればいいかわからないと表情で伝えた。

「まあ、襲ってくるなら振り払うしかないでしょ」

「そうだな、そもそも許す気もない」

レトを撫でながら考える。

「ただ、ちょっと加減できるかわからないな」

腐っても王子、殺すとまずいのではないかと思ったが……。

「どうせこんな調子なんだから、今さら気にしても仕方ないじゃない。とにかく自分たちが後悔しないように、手は抜かない」

美衣奈もかれんの調合薬を受け取り、周囲に魔法陣をいくつも展開していく。

その膨大な魔力に一瞬親衛隊は気圧されたようだが、難波の叫び声で盛り返す。

「いちゃついてんじゃねえぞ！　くそがぁあああ！」

その勢いを利用する形で、ローグスが号令を出す。

「行くぞ悪党ども！　勇者ヨウヘイに続け！」

悪党呼ばわりか。

「やるしかないか……」

「ええ」

「すみません、ボクは後ろで……」

「ああ、何かあったときは任せる」

「はい！」

まずは美衣奈の魔法が炸裂する。

火、雷、水、氷、土……。

あらゆる属性の魔法を、さらに風魔法で増幅させて撃ち込んだ。

「ひぃっ⁉」

魔力量に親衛隊の足がすくむが……。

「この程度でひるむな！　数の優位を生かせ！」

ローグスが各属性に的確な魔法で無効化する。

だが一瞬でも止まれば、別に問題はない。

「行くぞ……！」

「ワフー！」

レトたちがやられたのは力不足だったからではない。

ライはなまじ彼らのことを知っていた。俺が知っている人間なのだから、俺の許可なしに攻撃はできない。

それをいいことに、一方的な攻撃にさらされて、結果二頭、レトの仲間のオオカミを失った。

俺が最初から一緒にいれば、俺がもう少しちゃんとしていればという後悔もあるが、それも今はあとだ。

今はとにかく……。

「思う存分暴れろ！」

「グルァアアア！」

「クォオオオオン！」

反撃の許可。

それだけで十分だ。

「犬っころはもう飽きたんだよ！」

難波が大剣を振りかざすが、その腕が下りてくる前に、周囲のオオカミが手首にかみつく。

「がぁっ⁉」

「洋平！　くそ……今助けに――」

「遅い」

「なっ⁉」

レトたちに先陣を切らせたのは彼らの無念を晴らすためだ。

あとは別に、レトたち同様、いやレトたち以上に強い魔物たちがいる。

「悪いけど数の優位は、こっちにあるんだよ」

「聞いてないぞ⁉　一匹一匹がなんでこんな強いんだ⁉」

「くそが！　さっきまで逃げてただけの雑魚だったじゃねえか！」

秋元と難波が悪態をつく。

当然ローグスにも五体、王家の墓ダンジョンの最下層組をぶつけてある。

ワーウルフ、オーガ、リザードマン、そして最も信頼がおける戦力であるライだ。

難波はレトを中心としたオオカミたちが。

秋元は【未来視】のことを考えて、単体能力より連携力にたける上位のゴブリンたちを当たらせている。

「ちっ……卑怯者め。使い魔に頼り自分は高みの見物か？　里が知れるぞ！」

「いや、ずっと使い魔に頼る気はないけどな」

「ほう？　なら直接来てみろ」

圧倒的に不利だというのにローグスは挑発してくる。

その間にも周囲に美衣奈の魔法がどんどん展開されていき、正面は使い魔、上空は魔法という檻のような状況が完成していく。

「それともなんだ？　怖いか……？」

挑発を続けるしかできないように見えるローグス。

何か作戦があるのかと思ったが……。

「遥人くん、ローグスの能力、わかりましたよ」

「え？」

後方にいたはずのかれんが、俺のすぐそばまでやってきて言う。

「ほら、言ってたじゃないですか。【鑑定】が欲しいって。そう思ってずっと【鑑定】ができるようになる調合を試していたんです」

「すごいな……いつの間に……」

「すみません、話がそれちゃいましたね。とにかくローグスには近づかないでください！　【人心掌握】。要はマインドコントロールスキルです」

「なっ……それはチートじゃ……」

「でも、納得できる部分もあるでしょう？」

「それはまあ確かに……」

出会ってから部屋にぞくぞく連れ込まれていた女子たちを思い出すが、別に全員が全員それを望んだようには思えなかった。

そして今、難波と秋元もよくよく見れば少し、様子がおかしい。

「美衣奈に効かなかったのは、俺が【テイム】してたからってわけか」

「そういうことになります」

いや待て、だとしたら一番危ないのは……。

「かれん、下がれ！」

「遅い」

ローグスの目が青白く光った。

次の瞬間、かれんの目から光が消える。

「こちらへ来い、勇者カレン。お前に人質になってもらう」

「かれん!」

叫んで手を伸ばすが、ふらふらとかれんはローグスたちのほうに向かって歩き出してしまう。

「下手な真似をするなよ? 今すぐこの女を殺すこともできるんだ」

ローグスが笑う。

それを見て使い魔に囲まれて萎縮していた難波と秋元も調子を取り戻したようだった。

「いいじゃねえか。これで俺らがやりたい放題ってわけか」

「待て、まだだ。望月の魔法を解除させてからだ」

秋元の言葉に美衣奈がどうしていいかわからずこちらを向いた。

「美衣奈はそのままで」

美衣奈はうなずくと、すぐに美衣奈がこちらを向いて俺の名前を呼んだ。

「遥人」

言葉はなく、目で訴えかけてくる。

かれんはまだローグスの手の届く範囲には行っていない。

覚悟を決めろという、美衣奈からの檄のようだった。

「一応確認だけど、この状況、まだ使い魔に囲まれて、美衣奈の魔法の脅威にさらされていることは変わらない。それでも投降するつもりはないんだな？」

「はっ！　何を言うかと思えば……。お前にこの女を犠牲にしてでも我々をどうにかする気概はなかろうに」

確かにそれはそうだが、人質を取ったからといって一方的な優位には立てない。

なら狙いは、俺にもスキルを発動させることなんだろう。

現時点でそれをやってこない理由はわからないが、射程か、一度使えばクールタイムが発生するのか。

ただだとすれば、俺より先にかれんにスキルを使ったのが気になる。

【鑑定】を封じる狙いがあったかもしれないが……まあそれも、この後聞けばいいだろう。

「勇者カレンがこちらに来たときが、お前たちの終わりだ」

にやっと笑うローグス。

強引に連れ戻す手もなくはないが、ローグスの能力がどの程度のものなのか把握できない以上危険は冒したくない。

だからこれは、仕方なく、そのときが来てしまったと、自分に言い聞かせて……。

「楽しみだなぁ？　次はどうやっていたぶってやるかよぉ」

難波の笑い声をかき消すように、かれんに向けて手をかざし、叫ぶ。

「【テイム】！」

一瞬早く秋元が気づき、何かをしようとしたがもう遅い。

テイムした瞬間に、ルルがかれんを咥えてこちらにやってきた。

「なっ……⁉」

「想定外だったか？　もうすでに一人テイムしてるんだから、二人目も変わらないだろう？」

「ぐっ……」

「それとも、自分のスキルを上書きされるとは思っていなかったか」

あるいは両方か。

ローグスの顔に初めて、本気の焦りが見て取れた。

「だがこれで！　お前をコントロールすればすべて片が付く！　テイマーなど使い魔がいなければただの雑――がはっ⁉」

かれんを咥えたルルと入れ替わりで、地を蹴りその勢いのままローグスを蹴り飛

ばした。

「かはっ……はぁ……はぁ……馬鹿な……私にこんなことをして……ただで済むと思っているのか！」

「この期に及んで俺たちがお前の地位を気にすると思うのか？」

王宮では完璧を演じていたローグスだが、多分窮地に立ったことなどないのだろう。ここに来てもこれまで通り、自分の思い通りが通用すると思って暴れていたんだろう。

「俺は仲間を殺されてるんだ。お前らこそ、ただで済むと思うなよ？」

「なっ……がっ……」

睨みつけただけで、ローグスはその場に倒れていった。

「そんな……！　殿下！」

慌てて親衛隊たちが駆け寄ろうとするが、美衣奈の魔法と使い魔たちが道をふさいでけん制する。

「追い詰められた経験がなかったんでしょうね」

美衣奈が近くに来て、魔法を使ってローグスを拘束した。

「そうだとしても、睨んだだけでってのは想定外だったな……」

「気づかない？　かれんをテイムした影響で、かなり力が上がったわよ」

「……ほんとだ」

と、それまで放心状態だったかれんの意識が戻ってくる。

「はっ!?　す、すみませんボク！　前に出すぎちゃって……」

「いや、ごめん。勝手にテイムしたけど」

「あれ……ほんとだ……すごい力が……って！　おおごとじゃないですか!?　ああ、すみません……！」

「なんで謝るんだよ」

苦笑いしながらかれんを眺めていると……。

「……なんだかこれまでより遥人くん、カッコ良く見えますね」

「は……？」

「あ、これは違くて……！　ええ……ちょっとこれ、どうすれば……!?　遥人くんへの好感度が止まんないんですけど!?」

「今それどころじゃ……」

「ああ、ごめんなさい！」

ロ一グスは捕らえたとはいえまだ親衛隊に、難波と秋元が残っている。

だが、これについては二人がこんなことを言い出した。

「あの……遥人くん。ボクもテイムのおかげで結構強くなったみたいで、試してみたいんですけど」

「メインは遥人がやったんだし、残りは私たちに譲ってくれてもいいわよね？」

「え？」

答えを待たず、二人の表情が変わり……。

「ああ⁉　何考えてやが――」

「洋平！　くそ……！」

次の瞬間には、二人の極大魔法が周囲一帯を包み込んでいた。

「ぐあああぁああああ」

親衛隊たち、そして難波、秋元の叫びが魔法による光と土煙の中から聞こえてくる。

もはや全員無事ではないだろう。

「大丈夫よ。生きてる程度には手加減したから」

「そうですね。ボクの魔法もまだまだ見様見真似ですし、仮にも勇者と王国最高戦力ですから……ほら、生きてます」

「ぎりぎりっぽいけどな……」

地面に横たわりぴくぴく動く彼らを見ながら、どうしたものかと考える。

「とりあえず……縛っておいてくれ」

「キュルー！」

楽しそうにルルが飛んでいき、ライとレトも動ける使い魔たちに指示を飛ばしていく。

ひとまずこれで、一件落着のようだった。

エピローグ　その後

「魔道具、これですね」

楽園のダンジョン最奥。

【鑑定】を使いこなすようになったかれんがあっさりと魔物たちをおびき寄せる魔道具を発見し、すぐに回収した。

「あとは……こいつらをどうにかするだけか」

悪鬼とぶつからなくとも難度八と言われたダンジョンの最奥。

当然そこにいる魔物たちはどれも計り知れないほどの力を持っている。

テイムしながら進んできたはいいものの、魔道具を探して回収しようとしている間に周りを囲まれていた。

「ここに来るまでにも結構テイムしてたわよね、大丈夫なの？」

「まあ、テイムするたびに力が強まるからな……」

今のところ睨み合いにとどまっている。

使い魔たちと、美衣奈（みいな）が常に魔法を展開してけん制しているおかげだが、一触即発であることは間違いない。

急いだほうがいいだろう。周囲を見渡して、力が弱そうなものから順に……。

「【テイム】！」

「ギュッ⁉」

動揺している隙にどんどん魔物たちをテイムしていく。

強力な魔物をテイムすることで力が増し、その後ろ盾をもってさらに強力な魔物をテイムできる。

ダンジョンという、段階的に敵が強くなっていく場所はテイマーにとって非常に条件のいい場所だった。

「お前で最後だな……【テイム】！」

ダンジョン最奥、その中でも最も強いと感じた魔物は、オーガだ。

すぐそばに悪鬼が封印されていることを考えると何かの因果を感じるが、とはいえルルほどのポテンシャルも感じず、今ならもう、ライとレトのほうが強いような、そんな相手だった。

「結構強くなったのかもな」

「かも、じゃないですよ！　とんでもないですからね⁉」

かれんに言われながら、テイムした魔物たちとコミュニケーションを図っていく。

怪我がないか、このまま森に放っても大丈夫か……。

一通り様子を見て、連れて帰るのはルルだけ。ライとレトには森でみんなをまとめてもらうことにして……。

「さて……じゃあ帰るか」

「そうですね。城に……」

「城……ね」

そう。

ここに来るまでに実は、捕らえたローグス、難波（なんば）、秋元（あきもと）、そして親衛隊たちはもう、王国側に引き渡したのだ。

わざわざ連れて戻ったのではなく、向こうから接触があった。

やってきたのは王都の騎士団。親衛隊とは別の組織であり、フィリアが手を回したようだった。

騎士団が捕縛した面々を連れて帰ったんだが、どうも今回の動きはローグスの独断だったらしく、フィリアをはじめ王城内でも反対の声が大きかったらしい。

このあたりの説明も兼ねて、一度城に招かれたというわけだ。

ちなみに極大魔法を受けた難波と秋元だが、かれんが調合薬で無理やり回復させたので無事だ。

かれんの調合もどんどんわけがわからなくなってきたと思ったが、テイムの恩恵だと言われて何も言えなくなった。

「お久しぶりです。ハルト様、ミイナ様、カレン様。まずは皆さん、このたびは大変申し訳ありませんでした。そしてご無事で本当に何よりです」

「えっと……心配かけたみたいで……」

「いえ……悪いのはこちら側。重ね重ね、申し訳ありませんでした」

門番に取り次いでもらってすぐ、フィリアに招かれて応接間にやってきていた。

フィリアと従者に加えてもう一人、明らかに身分が高そうな人間も同席している。

その男が口を開いた。
「私からも詫びさせてほしい。申し訳なかった」
深々と頭を下げる男。一体誰かと戸惑っていると……。
「ああ、すまない。ヴィクトと言う。フィリアとローグスの兄、一応王子というこ
とになるね」
「兄……？　あれでも、ローグスが王太子だったよな……？」
「少し病気がちでね、今は調子がいいんだが、とても王の責務を全うできそうにな
いと早々に辞退していたんだ」
「なるほど」
王位継承権を放棄した王子……というわけか。
ローグスの処遇をどうするか次第だが、もしかするとこのヴィクトに、放棄した
王位継承権が戻る可能性もあるわけだ。
「ヨウヘイ、カケル、そして兄、ローグスと親衛隊。それぞれ話を集約しています
が、何せすでに罪人と言っていい立場、どこまで信用すべきかわからずにおりまし
た」
護送する際にローグスに思い通りにやられては困るということで、すでにローグ

スの力については騎士団に渡していたのでフィリアたちも把握している。

かれんの調合薬によってローグスの能力への耐性が生まれるということで、護送中も、その後もなんとかなったらしい。

かれんの【調合】がどんどん便利になっていく。

「ローグスはなんて？」

「……皆さんが悪鬼の封印を解こうとしていたと主張しています。ですが騎士団から、皆さんは逆に悪鬼の封印の補助のため、魔道具の排除を目的にあの地に向かっていたと聞いております」

すでにある程度話しているおかげでスムーズそうだ。

「騎士団の人たちに説明した通りだけど、ああ、一個言ってないことがあった」

「詳しく聞いても？」

「もちろん。王家の墓の最奥、あそこに何がいるかは王家で把握は？」

「恥ずかしながら……だがローグスは何か、知っていたようだ」

「あそこも過去災厄として封印された魔物がいる」

「――っ⁉」

「だけど、封印したのはどうも間違いだったらしい。邪龍と言われ無理やり封印されている竜は、過去大陸を救った英雄、聖竜メフィリスだ」

「君はまさか……聖竜もテイムしたのか？」

「した。でも封印は解けなかった」

「そこまでの力が……さすが勇者様」

「いや……今回俺たちが悪鬼の封印のことを聞いたのが、そのメフィリスだ」

「なるほど……」

神妙な面持ちで考え込むヴィクトに、今度はこちらから質問をした。

「逆にローグスは何が目的だったんだ……？」

「……真相はそれこそ本人にしかわからないだろうけれど、私が出ていってしまったことが原因だろうね」

ヴィクトが申し訳なさそうに言う。

「自分の地位が脅かされると思ったのか」

「ああ。ローグスはもともと悪鬼の完全討伐を考えていた。せっかく勇者たちがいるのだからとね。だがその提案をしている最中、私が現れた。そして結局彼の案は却下されたんだが……暴走したようだね」

「すぐに異変に気づき騎士団を捜索に向かわせた結果、皆さんと出会えたというわけです」

「そんな経緯だったのか」

わからない話ではない。

ただ……。

「ローグスはあの能力があるのに、どうして思い通りにできなかったんだ？」

「そういえば……」

フィリアは考えたこともなかったという表情をしていたが、すぐかれんが答えを出した。

「ヴィクトさんのスキルが、相手の能力を無効化するものだったからですね」

「え？　ですが【鑑定】では何も……」

「【鑑定】すら無効化していたんでしょう。ボクは薬で無理やり【鑑定】しているから視(み)えたのかと」

「そんなことが……」

「まあ要するに、ローグスにとって兄は天敵だったってことか」

「そういうことになるね……。暴走した理由もこれなら少しわかる気がするよ」

ヴィクトがそう言いながらため息をつく。

顔色も悪いし、今日はもうこのくらいにしておいたほうがいいだろう。

「あいつらはどうするんだ？」

「処刑にするには内々にことが起こりすぎているし、勇者、王太子という立場上……。我々としては無期限の幽閉で考えていたが、どうかな？」

黙ってうなずいておいた。

「では、お疲れのところすみませんでした。食事の準備もあります。これまで通り部屋も――」

「いや、俺たちは出るよ」

「……そうですか」

フィリアがうつむく。

これはもう、ここに来るまでに美衣奈とかれんと決めていたことだ。

聞いた話じゃ難波、秋元の力はやっぱりクラスメイトたちの中でも最上位だったらしい。その二人がまるで相手にならないほど強くなってしまったのだ。

美衣奈だけでなくかれんもテイムした俺への反応を併せて考えると、クラスメイトと合流してもいいことはないだろうと。

ましてもう、使い魔たちも増えすぎている。

　メフィリスのところに戻って封印の解除を試みたいところだし、元の世界に帰る手がかりも自分たちで探したほうがいいだろうという話になったわけだ。

「災厄については、俺たちも知ってる情報は出すし、できたら王家の情報も欲しい。連携ができるなら定期的に連絡しようと思うけど」

「本当ですかっ！」

　パァッとフィリアの表情が明るくなる。

「ではそのように手配を……。ほかに何かお困りごとは……そうだ！　勇者ミイナのテイムを解除したいとおっしゃられていた件、ヴィクト兄様のスキルなら――」

「だめよ」

「だめです」

「ええ……」

　俺が答える前に二人に否定された。

　できるなら頼もうと思ってたのに……。

「そもそもヴィクトさんの能力はパッシブスキルですから、能動的に解除は難しいでしょう。それができるのであれば聖竜の封印解除をお願いしたいくらいです」

「テイムがなければ私も遥人も大きく力を失う。これから各地で活動するのにそれは困るわ」

「なるほど……。では聖竜の封印解除については少し、私も調べておくとして、この話は忘れてくれ」

「はい」

「ええ」

結局俺の意志は無視されたまま、すぐに王城を後にすることになったのだった。

「本当に良かったのか？」

「遥人は私が使い魔じゃ迷惑なわけ？」

「いや、そういうわけじゃないけど……」

城から離れ、拠点にしていたカスクに向けての竜車の中でそんな話を繰り広げる。

竜車はフィリアがくれると言ったので、竜も含めてありがたくもらっておいた。

「ふふ。もう心配しなくても、ボクだってテイムされたけど何も影響なかったじゃないですか」

「いや……」

テイムの影響がなかったと言い切るのは難しいだろう。好感度が上がり続けると か言ってた件についてはもうお互い意図して話題には出さないようにしているが、あれはやっぱりまずい。

美衣奈の態度もどんどん軟化していくし、これは本当に早くなんとかしたほうがいいだろう。

今もそうだが、これまでのかれんより明らかに距離感が近いしな。

「そもそも私たちをテイムしてないと、メフィリスに怒られるんじゃないの？」

「それは……」

確かに封印解除のための努力をすると約束してのテイムだったから、そこを裏切ることにはなるのかもしれない……。

「まあ諦めてください。それより増えすぎた使い魔たち、いつまでも森で放し飼いじゃかわいそうですし、どこかに拠点をつくりましょうよ」

「いいわね。動物園と言わず、遥人ももうこっちで領主とかやればいいじゃない」

「無茶言うな」

そんなことをわちゃわちゃ言っているうちにすぐカスクの町が見えてくる。

確かにライ、レト、ルルをはじめ、増えすぎた使い魔たちのことはなんとかしないと……またいつ難波にやられたように犠牲が生まれるかもわからないしな。

「冒険者の地位を向上させると土地がもらえるって話がありましたね」

「そもそもフィリアに言えばいいんじゃないかしら？　遥人は妙に気に入られてるんだし……」

美衣奈がジト目で睨んでくる。

だがその表情がどこか、柔らかく感じるようになったのは気のせいではないだろう。

「ねえ、遥人」

「ん？」

「私ね、この生活、好きよ」

美衣奈がまっすぐ俺の目を見て、そんなことを言う。

そういう意図がないと自分に言い聞かせても、最後に響いた「好き」という言葉が頭に残って意識させられてしまう。

「ふふ。ちょっとドキッとしたでしょ」

「わざとか……勘弁してくれ……」

「ボクには美衣奈さんがヘタれたように見えましたけどね」

「ちょっとかれん⁉」

いつの間にか仲良くなった二人がじゃれ合い始める。

よくわからない言い争いを始めた二人になんと言おうか考えて、どうしようもなさそうだったので考えるのをやめた。

とにかくまだしばらく、この異世界での生活は続くことになりそうだった。

あとがき

はじめまして。すかいふぁーむと申します。

デビュー作品がラブコメとテイマーものを一日違いで出した人間なので、今回は得意分野を合わせようということでこんな形にしました。

書き下ろし作品というのも新鮮で、色々チャレンジした作品です。

内容はネタバレにならないように具体的には触れませんが、今回のコンセプトはテイムのおかげで素直になれたヒロインと、テイムのせいで相手を変えてしまったと思っている主人公のすれ違いです。

幼馴染の両片思いラブコメのおいしいところを異世界ものでもやってしまおう！という感じですね。

もちろん、異世界ファンタジーの持つ爽快感も楽しめるように意識しました。楽しんでいただけたら幸いです。

さて、私は既刊作品ほとんどがテイマーものなんですが、実はペンネームと同じ名前でブリーダーとしての屋号を持っています。

そっちは特に仕事にしているわけではないんですが、生き物に囲まれてる生活が刺激になってテイマーものが増えました。流石に作中のトラのような生き物はいないんですが……。

うちの子モチーフの使い魔もそのうち出せればなと思います。ミーアキャットとか、チンチラとか。


最後になりましたが片桐先生、素敵なイラストをありがとうございました。

ファンタジー要素出しながらラブコメも……ということでどなたにお願いするか編集さんともずっと相談していたのですが、ピッタリなイラストでテンションが上がりました。

また担当編集さんはじめ、関わっていただいた全ての方々に感謝を。

そして何よりお手に取っていただいた読者の皆様、本当にありがとうございます。

またお会いできることを願って。

すかいふぁーむ

Jノベルライト文庫

◆育ての親の竜王族から人類の生殺与奪の権をゆだねられた少年による圧倒的無双譚！

竜に育てられた最強
〜全てを極めて少年は人間界を無双する〜

〔著〕epina/すかいふぁーむ〔イラスト〕みつなり都　〔キャラクター原案〕ふじさきやちよ

最強の種族『竜王族』に育てられた人間の子供・アイレン。

ある日、人類による略奪行為が限界を超えたと判断した竜王族は、人類を生かすか滅ぼすか見定める使命をアイレンに与え、貴族やエリート階級の子供たちが通う王都学院に入学させることを決めた。

アイレンの使命と本当の実力をまだ知らない同級生たちは、アイレンを田舎者の平民としてバカにした態度で接するが、学院での魔法の授業などを一緒に受ける中で、次第にアイレンの見方を変えていく…。果たして、アイレンは人類に対してどのような結論を出すのか…!?

発行 / 実業之日本社　定価 /770 円（本体 700 円）⑩　ISBN978-4-408-55700-7

Jノベルライト文庫

◆転生した最強魔王
Fクラスから勇者を目指す！

転生魔王の勇者学園無双

〔著〕岸本和葉　〔イラスト〕桑島黎音

　勇者の前で自ら命を絶ち、千年後の世界に転生した魔王アルドノア。

　人間が魔王に対抗できるまで強くなったかを見極めるため、青年に成長アルドノアは、自分を追って転生した元部下たちと勇者学園へと通いはじめる。

　だが人間は平和ボケし、千年前より弱くなっていた。それでも自分を平民の出来損ないだと見下してくる者たちを、アルドノアは衰えを知らない魔王の力で圧倒していく。

　千年前の世界を支配していた元魔王の成り上がり最強無双ファンタジー、ここに開幕──！

発行 / 実業之日本社　定価 /770 円（本体 700 円）⑩　ISBN978-4-408-55728-1

Jノベルライト文庫

♥恋愛&転生&異世界ファンタジー

元悪役令嬢は二度目の人生を慎ましく生きたい!

〔著〕アルト　〔イラスト〕KU

前世にて悪役令嬢として生きた記憶を持つシルフィーは、過去の所業を反省し、転生した二度目の人生は慎ましく生きようと決めていた。

今生も貴族令嬢として生を受けてはいるが、貴族とは無縁の治癒師として生きることを目指して魔法学院に入学する。

しかし、地味な学院生活を送るつもりが、入学早々再会した幼馴染が実は王子殿下で、自分に好意を持っていることが分かり、予定外の学院生活がはじまる…。

発行 / 実業之日本社　定価 /770 円(本体 700 円)⑩　ISBN978-4-408-55718-2

異世界でテイムした最強の使い魔は、幼馴染の美少女でした

2022年8月10日　初版第1刷発行

著　者　すかいふぁーむ
イラスト　片桐
発行者　岩野裕一
発行所　株式会社実業之日本社
〒107-0062　東京都港区南青山5-4-30
emergence aoyama complex 3F
電話（編集）03-6809-0473
（販売）03-6809-0495
実業之日本社ホームページ　https://www.j-n.co.jp/
印刷・製本　大日本印刷株式会社
装　丁　AFTERGLOW
DTP　ラッシュ

ISBN978-4-408-55740-3（第二漫画）